ROBERT A. HEINLEIN

DOUBLE STAR

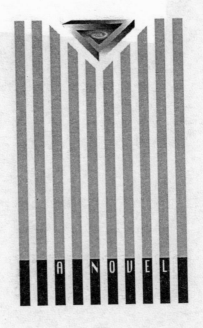

A NOVEL

РОБЕРТ ХАЙНЛАЙН

ДВОЙНАЯ ЗВЕЗДА

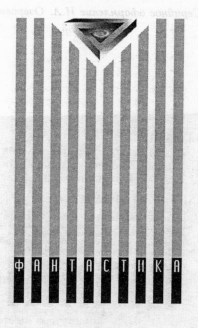

Москва
ЦЕНТРПОЛИГРАФ
2002

УДК 820(73)
ББК 84(7Сое)
Х15

Хайнлайн Р.

Х15   Двойная звезда: Роман / Пер. с англ.
А.И. Ганько; Предисл. Д. Байкалова. — М.:
ЗАО Изд-во Центрполиграф, 2002. — 239 с.

ISBN 5-227-01682-8

Роман патриарха американской фантастики, Великого Мастера Роберта Энсона Хайнлайна (1907 – 1988) повествует о головокружительных событиях, разворачивающихся вокруг талантливого актера Лоренца Смайта после того, как он опрометчиво согласился стать двойником влиятельного политического деятеля Галактической Империи.

УДК 820(73)
ББК 84(7Сое)

ISBN 5-227-01682-8

ТРОЙНАЯ ИМПЕРСОНИЗАЦИЯ

Люди

> ...Вещи, в которые люди верят, вообще редко обосновываются логически.
>
> *Р.Э. Хайнлайн. Двойная звезда*

Мечта — неотъемлемая часть человеческой натуры. Это то, что отличает человека от животного. Это то, что позволяет человечеству развиваться. Впрочем, мечты бывают самые разные. Можно мечтать о полете в космос, можно — о бутерброде с колбасой. Одно из предназначений фантастики — отображать на бумаге/экране мечты одних и демонстрировать их другим. Чтобы показать — о чем можно еще помечтать. Фантасты, сумевшие реализовать в своих произведениях наибольший спектр людских мечтаний, как правило, весьма востребованы обществом. Одним из таких фантастов и был Роберт Энсон Хайнлайн. Герои его произведений постоянно добиваются какой-нибудь высокой цели. Или же оказываются в необычной ситуации, из которой находят выход благодаря вполне обычному набору человеческих качеств — уму, целеустремленности, умению ориентироваться. Достижение цели — это ведь тоже мечта. Как, впрочем, и приключения, ведь приключение — не что иное, как неприятность, из которой выбираешься с минимальными потерями и о которой потом приятно вспоминать за кружечкой пива в компании друзей.

Хайнлайн писал и о космосе и о бутерброде. О свободе личной и свободе общества. В «Двойной звезде» реализуется очень распространенная мечта, нечто среднее между космосом и бутербродом. Ведь ролевые игры на тему «Если бы я был директором (мэром, президентом, генеральным секретарем и т.д.)» проводятся даже в школах. Это «если бы...» — одно из самых востребованных устремлений. Практически не существует человека, хотя бы в мыслях, запрятанных в самые дальние уголки подсознания, не ставившего перед собой такого вопроса. Причем априори считается, что ты попал на эту должность прямо сразу, из своего кресла. И очень хочется посмотреть, что из этого выйдет. Или не хочется. Но это самым умным, умеющим считать на несколько шагов вперед. И Хайнлайн создает ситуацию, когда человек умный и талантливый *в действительности* оказывается претендентом на чужое место.

Личность

> Для художника <...> слава стоит на первом месте. Деньги всего лишь средство, при помощи которого он может творить свое искусство.
>
> *Р.Э. Хайнлайн. Двойная звезда*

Совсем немного о самом авторе. Роберт Энсон Хайнлайн родился 7 июля 1907 года в маленьком городке Батлер, что на западе штата Миссури, недалеко от границы с Канзасом. Вскоре рождения семья переехала в Канзас-Сити, где отец мальчика нашел работу в компании сельскохозяйственных машин. Юный Роберт получил строгое методистское воспитание в пуританском духе, и впоследствии это сильно сказалось на прозе писателя — большинство его героев высокоморальны, мало склонны к компромиссам со своей совестью и даже несколько прямолинейны в своих этических принципах. По окончании университета штата Миссури Хайнлайн поступает в Военно-морскую академию США в Аннаполисе, а после успешного завершения обучения идет служить во флот. Впрочем, служит не долго — через пять лет комиссуется по состоянию здоровья, меняет множество профессий, параллельно пытаясь публиковать первые фантастические рассказы. Уже вскоре после того, как Хайнлайн прибился к группе «Кэмпбелловских птенцов», зачавшей Золотой век американской фантастики, он начинает выделяться даже на фоне этой группы. А ведь в нее входили такие светила, как Альфред Ван Вогт, Айзек Азимов, Лайон Спрэг де Камп, Теодор Старджон, Пол Андерсон, Лестер дель Рей...

Роман «Двойная звезда» приносит нашему герою первую премию «Хьюго». Премий будет еще много. Как впрочем и произведений — всего Хайнлайн написал пятьдесят четыре книги. Его популярность была такова, что он стал первым в истории фантастом, зарабатывающим на жизнь исключительно литературным творчеством. Его даже пригласили комментировать в прямом эфире высадку Армстронга на Луну — кому как не автору, так много писавшему о Луне, можно было доверить такое масштабное дело?

Умер Хайнлайн во сне, утром 8 мая 1988 года. О нем скорбела вся Америка — ведь даже равнодушные к фантастике люди прекрасно знали это имя...

В каждого своего героя Хайнлайн всегда вкладывал частичку себя. Кем бы этот герой ни был — подростком, вором, профессором или маленькой девочкой. Но создается ощущение, что именно в Великом Лоренцо, герое «Двойной звезды», эта частичка максимальна. Почему — попробуем рассмотреть чуть позже.

История

Игра всерьез — это и есть самое главное в любой комедии.

Р.Э. Хайнлайн. Двойная звезда

Сейчас принято делить творчество Хайнлайна на три периода. Ранний Хайнлайн (сороковые годы), зрелый Хайнлайн (пятидесятые годы) и, соответственно, поздний Хайнлайн (шестидесятые годы). Причем «зрелый» период разбивают на два параллельных потока: циклы романов для подростков и для взрослых (об этом подробно пишет, например, А. Балабуха в известной статье «Адмирал звездных морей»). «Двойная звезда» появилась на свет в 1956 году — в разгар «зрелого» этапа. Скорее всего, эти годы можно назвать самыми ценными для матери-истории. Ведь именно тогда были созданы такие знаковые романы, как «Дверь в лето» и «Кукловоды». И конечно же «Двойная звезда». Каждый из этих романов уже выдержал испытание временем. В чем же причина столь стойкой популярности этих романов? Может быть, в том, что в «параллельном потоке» Хайнлайн в пятидесятых годах написал более десяти романов для подростков, романов милых, добрых, занимательных, но по определению не претендующих на серьезность. И накопившиеся за время написания детских книжек мысли о социуме и психологии личности, философские и этические идеи Хайнлайн скопом «выплескивал» на страницы немногочисленных взрослых романов. Заодно привнося из подростковой прозы занимательность, динамичность и легкость подачи, которых, впрочем, и в другие периоды творчества сэру Роберту было не занимать.

Итак, роман «Double Star» — «Двойная звезда» (иногда это название переводят как «Двойник звезды», что не совсем верно и к тому же частично лишает повествование интриги). Действие начинается без долгого вступления. Будущее. Безработный актер Лоренцо Смайт (он же Лоуренс Смит, он же Великий Лоренцо) неожиданно для себя оказывается втянут в огромную политическую интригу. Волею обстоятельств и чьей-то злой (или доброй) воли он должен выполнять работу двойника похищенного лидера оппозиции, главного претендента на пост Верховного министра. Лоренцо — типичный герой фантастики пятидесятых — шестидесятых, перекати-поле без гроша в кармане, умный, пронырливый и жуликоватый, но со своими нравственными принципами — явно восходит корнями к «Благородному жулику» О'Генри. При этом он еще и талантливый актер. Настолько талантливый, что привык полностью сливаться со своим персонажем.

Хайнлайн очень вкусно и бережно описывает чувства и мысли Лоренцо в моменты, когда тому приходится играть другого человека. Возможно, потому, что ощущение полной имперсонизации с героем знакомо каждому талантливому писателю. А также многим читателям, часто отождествляющим себя с персонажами любимых книг. Таким образом получается своеобразная тройная имперсонизация, когда автор Хайнлайн перерождается в актера Лоренцо, который вписывается в личность политика Бонфорта, а все они со страниц книги заставляют читателей, то есть вас, ощущать себя на их месте — если вам, конечно, нравится эта книга. Но я встречал совсем немного поклонников фантастики, плохо отзывавшихся о «Двойной звезде» — вне зависимости от качества перевода. Я, например, прочел этот роман еще в самиздате (пятая машинописная копия), в жутком переводе, и, тем не менее, Хайнлайн умудрился «достучаться до сердца и ума» даже тогда. Что уж тогда говорить о сегодняшнем читателе, имеющем перед собой качественное издание?

Итак, Лоренцо невольно оказывается в шкуре влиятельного политика... Впрочем, рассказывать сюжет книги в предисловии — дурной тон. Поговорим о другом.

Политика

> Политика — это грубая, иногда грязная, часто скучная и всегда тяжелая работа. Но это единственное занятие для взрослых мужчин. Все остальное — для сосунков.
>
> *Р.Э. Хайнлайн. Двойная звезда*

Общеизвестен факт, что к литературе Хайнлайна подтолкнуло занятие политикой. Точнее, «не занятие» — в конце тридцатых годов его попытка пройти в Законодательное собрание Калифорнии потерпела фиаско. Надо было искать новые виды заработка, и Хайнлайн начал писать рассказы и романы. В чем, как мы знаем, и преуспел. Но с тех пор он постоянно обращался в своих произведениях к проблеме социального устройства. Достаточно вспомнить цикл ранних романов, объединенных в единую «Историю будущего». В «Двойной звезде» он продолжает эксперименты с построением идеального социума. Политическое устройство мира «Двойной звезды» при этом сильно смахивает на обычную конституционную монархию со множеством своеобразных ритуалов, обеспечивающих стабильность пирамиды власти. Но при том, что формально миром правит монарх, де-факто власть принадлежит Верховному министру, выбираемому весьма демократически. Одной из проблем этого общества является сосуществование с разумными соседями по Солнечной системе. Сдается, что Хайнлайн ввел в роман марсиан по двум причинам: во-первых, без сложного марсианского ритуала не могла бы возникнуть сюжетообразующая ситуация, когда политика выгоднее похитить и вернуть живым, чем просто уничтожить, — без этой ситуации роман мог бы скатиться до стандартного детектива, и переносить действие в будущее не имело бы смысла; во-вторых, во взаимоотношениях земляне — марсиане явно просматривается аллюзия на войну с расизмом, развернувшуюся в США в пятидесятых.

Впрочем, здесь автор пишет не столько об идеальном обществе (политическая система «Двойной звезды» весьма напоминает современную британскую), сколько об идеальном политике. Или, скорее, о своем идеале политика. То, что политика — грязное дело и честный человек в ней не выживет, знают все, в том числе и сам Хайнлайн, о чем говорит эпиграф этой главы. Вспомните, как, например, Стругацкие обыгрывают редкостное сочетание слов «порядочный политик». И, возможно, фигура Бонфорта — самый фантастический элемент романа. Да и преданная и сплоченная команда (один предатель не в счет) чересчур идеализирована. Скорее всего — умышленно.

Мораль

> Дайте философу время и бумагу,
> и он докажет вам что угодно.
>
> *Р.Э. Хайнлайн. Двойная звезда*

Безусловно, современному читателю будущее Хайнлайна покажется наивным. Как сказал один американский критик: «Там ведь почти нет компьютеров, и единственный женский персонаж являет собой типичную женщину пятидесятых». Наивна или, как мы уже успели предположить, умышленно наивна вся политическая интрига. Тем не менее речь ведь в романе отнюдь не о компьютерах. Она о способности человека, даже такого, как Лоренцо, выбросить на свалку самого себя и стать другой личностью ради некой высшей цели. При этом все подано так легко, динамично, с мягким, чисто хайнлайновским юмором и умением «втянуть» читателя в текст, что книгу хочется читать и перечитывать. Несмотря на все технические несуразности и пятидесятилетней давности представления о будущем.

Дмитрий Байкалов

ДВОЙНАЯ ЗВЕЗДА

Фантастический роман

Глава 1

Если в бар входит мешковато одетый человек, ведущий себя так, будто заведение принадлежит ему, то он наверняка космонавт.

Это объясняется очень просто. Профессия заставляет его чувствовать себя владыкой всего сущего. Когда он ступает на землю, ему кажется, что все кругом ничтожества. А что касается одежды, то от человека, который девять десятых своего времени проводит в космической униформе и больше привык к глубокому космосу, чем к обществу цивилизованных людей, трудно ожидать знания того, как следует одеваться. Едва коснувшись Земли, он становится жертвой сладкоречивых торговцев, которые так и вьются вокруг каждого космопорта в надежде отоварить еще одного простачка «самой лучшей земной одеждой».

Я легко определил, что этого парня одевал Омар Палаточник: накладные плечи визуально делали его еще более широким; брюки были слишком коротки, когда он сел, из-под них показались волосатые ноги; мятую сорочку с таким же успехом можно было напялить на корову.

Но я, естественно, держал свои мысли при себе и заказал ему выпивку на свои последние пол-империала, полагая, что сделал неплохое вложение капитала. Я-то прекрасно знал, с какой щедростью космонавты распоряжаются деньгами.

— Горячих двигателей! — произнес я, когда мы с ним чокнулись.

Он быстро взглянул на меня.

Этот тост был моей первой ошибкой в отношении Дэка Бродбента. Вместо того чтобы ответить: «Свободного космоса» или «Счастливой посадки!» — как полагалось, он мягко сказал:

— Прекрасный тост, но, к сожалению, не по адресу. В жизни не отрывался от матушки-земли.

После этого у меня оставалась еще одна возможность придержать язык за зубами. Космонавты не так уж часто заглядывали в бар «Каса Маньяна»: отель был не в их вкусе, к тому же слишком далеко от космопорта. И если один из них появляется здесь в земной одежде, тихо усаживается в темный уголок и утверждает, что он не космонавт, — это его дело. Я и сам забрел сюда с тем, чтобы наблюдать, не будучи замеченным: я иногда одалживал небольшие суммы то там, то тут. Конечно, ничего страшного, но лучше не нарываться на неприятные разговоры. Я должен был сообразить, что у него тоже имеются свои причины сохранять инкогнито, и отнестись к ним с уважением.

Но мой язык как будто жил своей собственной, обособленной от меня жизнью.

— Не надо вешать мне лапшу на уши, старпом, — сказал я. — Если вы наземник, то я — мэр Тихо-Сити. Готов побиться об заклад, что

14

вы на своем веку немало выпили на Марсе, — добавил я, обратив внимание на то, как забавно он поднимает стакан — привычка к низкой относительно земной гравитации.

— Ну, ты, потише, — едва слышно огрызнулся он, почти не шевеля губами. — Почему ты так уверен, что я летал? Ты ведь даже незнаком со мной.

— Прошу прощения, — сказал я. — Вы можете быть кем угодно. Но у меня, слава богу, еще есть голова на плечах. Вы выдали себя в тот самый момент, как вошли.

Он выругался.

— Но как? — спросил он.

— Можете не беспокоиться. Сомневаюсь, чтобы кто-нибудь, кроме меня, заметил это. Просто я подмечаю такие вещи, на которые большинство людей не обращает внимания. — Я вручил ему свою визитную карточку, может быть чересчур театральным жестом. Впрочем, на свете есть только один Лоренцо Смайт — акционерная компания, состоящая из одного человека, «Великий Лоренцо» — стерео, развлекательные программы, камерные выступления: «Экстраординарный мим и мастер мимикрии».

Он пробежал глазами мою карточку и сунул ее в нарукавный карман. Это обеспокоило меня, так как карточки стоили мне денег — прекрасная имитация ручной работы.

— Кажется, теперь я понимаю, — тихо произнес он. — Но все-таки, чем мое поведение отличается от обычного?

— Я покажу вам, — сказал я. — Сейчас я пойду к двери так, как ходят наземники, а обратно вернусь так, как вошли сюда вы. Смотрите. — Я проделал все это, причем, возвращаясь к столику, немного утрировал его походку, чтобы он мог заметить разницу нетренированным взглядом: ступни мягко скользили по полу, как по плитам корабельной палубы; тело немного наклонено вперед и уравновешивается оттопыренной задницей; руки слегка разведены в стороны и при ходьбе не касаются тела, всегда готовые схватиться за что-нибудь.

Там было еще несколько мелких деталей, которые просто невозможно описать словами: одним словом, для того чтобы так ходить, нужно быть космонавтом с его подсознательно напряженным телом и готовностью в любой момент сохранить равновесие; все это проникает в плоть и кровь за долгие годы пребывания в безвоздушном пространстве.

— Ну как, поняли, что я имел в виду? — спросил я, опускаясь на стул.

— Боюсь, что да, — кисло согласился он. — Неужели я действительно хожу *так*?

— Увы!

Некоторое время он сидел молча, разглядывая меня, затем сделал знак бармену, и тот вновь наполнил наши стаканы. После этого мой собеседник залпом выпил свою порцию, расплатился за все и соскользнул со стула.

— Подождите меня, — тихонько сказал он.

После того как он заказал для меня выпивку, бросить его я уже не мог. Да, честно говоря, и не хотел: он меня заинтересовал. Он понравился мне, хотя мы познакомились всего десять минут назад. Он относился к тому типу крупных симпатичных увальней, которых обожают женщины и уважают мужчины.

Мой новый знакомый пересек зал своей раскачивающейся походкой, обогнув столик у самых дверей, за которым сидели четыре марсианина. Раньше мне бы и в голову не пришло, что *нечто*, напоминающее бревно, увенчанное тропическим шлемом, может требовать равных прав с людьми. Я просто видеть не могу, как они выпускают свои псевдоконечности; на мой взгляд, это очень похоже на змей, выползающих из нор. Мне не нравится также, что они могут одновременно смотреть во всех направлениях, не поворачивая головы — хотя головы у них, разумеется, нет. И я совершенно не выношу их запаха!

Никто не может обвинить меня в расовых предрассудках. Мне совершенно безразлично, какого цвета у человека кожа, к какой расе он принадлежит или какую религию исповедует. Люди в любом виде были для меня существами разумными, а вот марсиан я всегда считал предметами. На мой взгляд, они даже не животные. Если бы мне пришлось выбирать, я скорее согласился бы жить в одном номере с африканским кабаном, чем с марсианином. И то, что их свободно пускают в рестораны, посещаемые людьми, кажется мне совершенно возмутительным. Но, к сожалению, существует Договор, так что ничего не поделаешь.

Когда я входил в бар, этих четверых здесь не было, я бы их непременно учуял. Их не было и тогда, когда я подходил к дверям, показывая Дэку Бродбенту его походку. А теперь они были здесь, стоя на своих основаниях вокруг стола и пытаясь подражать людям. И главное, вентиляция работала из рук вон плохо.

Тут я внезапно припомнил, что, уходя, мой новый знакомый бросил в их сторону пристальный взгляд. Может быть, его уход был как-то связан с ними? Я взглянул на них снова, пытаясь определить, наблюдают они за нашим столиком или нет. Но разве можно сказать, куда марсианин смотрит или о чем он думает? Кстати, это мне в них тоже очень не нравится.

Несколько минут я просидел перед пустым стаканом, теряясь в догадках, что же могло случиться с моим космическим приятелем. У меня были все основания рассчитывать на обед, а если мы станем друг другу достаточно «симпатико», как говорят в Мексике, мне даже может перепасть небольшой денежный заем. Но поскольку мой новый знакомый исчез, перспективы у меня, признаться честно, были самые никудышные. Последние два раза, когда я пытался дозвониться до своего агента, его автосекретарь просто записывал мое сообщение на пленку, а если у меня сегодня не окажется монеты для ненасытной двери номера, то мне негде будет переночевать... Вот как низко упали мои акции: дожил до того, что вынужден жить в каморке с автоматической дверью.

В самый разгар грустных размышлений меня тронул за локоть официант:

— Вас вызывают, сэр.

— А? Спасибо, приятель, принесите, пожалуйста, аппарат сюда.

— Очень жаль, сэр, но его нельзя принести сюда. Это прямо по коридору, кабина номер двенадцать.

— Вот как? Ну спасибо, — ответил я, стараясь вложить в свои слова побольше тепла, раз уж мне нечего было дать ему на чай. Проходя мимо столика марсиан, я обогнул его по широкой дуге.

Теперь я понял, почему нельзя было принести аппарат на стол: номер двенадцатый был кабиной повышенной безопасности, защищенной от подглядывания, подслушивания и прочего вторжения в личную жизнь. Изображения не было, и оно не появилось даже тогда, когда я закрыл дверь кабины. Экран оставался молочно-белым до тех пор, пока я не сел и мое лицо не оказалось напротив передающего устройства. Только тогда молочная пелена на экране растаяла, и я увидел своего знакомого космонавта.

— Прошу прощения, что побеспокоил, — быстро сказал он, — но я очень торопился и не мог объяснить всего. Я хотел бы попросить вас немедленно прийти в комнату номер 2106 в отеле «Эйзенхауэр».

Объяснять он ничего не стал. «Эйзенхауэр» — такой же неподходящий для космонавтов отель, как и «Каса Маньяна». Я просто сердцем чувствовал беду. Ну, в самом деле, не будешь же ни с того ни с сего приглашать в свой номер первого встречного, с которым познакомился в баре несколько минут назад, да еще так настойчиво — по крайней мере, если он одного с тобой пола.

— А зачем? — спросил я.

Судя по всему, космонавт привык, чтобы ему подчинялись беспрекословно. Я изучал его лицо с профессиональным интересом — оно походило на грозовую тучу, собирающуюся перед бурей.

19

Однако он быстро взял себя в руки и спокойно ответил:

— Лоренцо, у меня нет времени объяснять. Вам нужна работа?

— Вы собираетесь предложить мне работу по специальности? — изумленно спросил я. Какое-то мгновение мне казалось, что он предлагает мне... Ну, в общем, вы понимаете — работенку. До сих пор мне удавалось хранить профессиональную гордость, невзирая на все происки судьбы.

— Разумеется, по специальности, — быстро ответил он. — Причем требуется актер самой высокой квалификации.

Я постарался, чтобы радость не отразилась на моем лице. Я бы согласился на любую профессиональную работу, с удовольствием исполнил бы даже роль балкона в «Ромео и Джульетте», но ни к чему выказывать свою заинтересованность.

— А какого рода работа? — спросил я. — У меня довольно много предложений.

Но он не купился на это:

— Я не могу говорить о ней по фону. Вам, наверное, неизвестно, но с помощью специального оборудования можно подслушивать даже надежно защищенные линии. Так что поторапливайтесь!

— Послушайте, — запротестовал я. — За кого вы меня принимаете? За мальчика на побегушках? За мальчишку, который готов разбиться в лепешку, лишь бы ему доверили что-нибудь подпести? Я — Лоренцо! — И гордо вскинул голову, приняв оскорбленный вид. — Что вы хотите мне предложить?

— Хм... Но, черт возьми, я не могу рассказать это по фону. Сколько вам обычно платят?

— Вы имеете в виду мой гонорар?

— Да, да!

— За одно выступление? Или за неделю? Или стоимость длительного контракта?

— Нет, нет. Сколько вы берете в день?

— Минимальная сумма, которую я получаю за одно вечернее выступление, — сотня империалов.

Это было сущей правдой. Конечно, мне приходилось играть порой в скандальных и глупых постановках, но получал я за это не меньше своей обычной платы. У каждого человека должен быть определенный уровень. Я считаю, что лучше голодать, чем соглашаться на нищенскую плату.

— Прекрасно, — быстро отозвался он. — Сто империалов наличными окажутся у вас в руке, как только вы появитесь у меня в номере. И поспешите.

— А? — Я вдруг осознал, что с той же легкостью мог запросить и двести, и даже двести пятьдесят. — Но я еще не принял вашего предложения!

— Это не имеет значения. Мы обговорим это, как только вы появитесь здесь. Сотня ваша, даже если вы откажетесь. Если же вы согласитесь — можете считать ее премиальной и не входящей в общую сумму. Ну, вы выезжаете, наконец, или нет?

Я склонил голову:

— Конечно, сэр. Потерпите немного.

К счастью, отель «Эйзенхауэр» расположен неподалеку от «Каса Маньяна», в противном случае мне нечем было бы даже заплатить за проезд. Хотя искусство ходить пешком ныне почти утрачено, я владею им в совершенстве. Ходьба дала мне возможность немного привести в порядок мысли. Я вовсе не был идиотом, я прекрасно понимал, что если один человек пытается всучить другому деньги, то следует внимательно изучить карты, потому что здесь явно кроется или что-то незаконное, или опасное, или то и другое вместе. Конечно, меня мало волновала законность во имя законности, в этом вопросе я был полностью согласен с Бардом, полагая, что законы часто писаны для дураков. Но все же я предпочитал двигаться по ходу движения, а не против него.

На сей раз я понял, что располагаю недостаточным количеством информации, выбросил все это из головы и, перекинув плащ через правую руку, шел прогулочным шагом, наслаждаясь мягкой погодой ранней осени. Дойдя до отеля «Эйзенхауэр», я решил пренебречь главным входом и поднялся на двадцать первый этаж, воспользовавшись грузовым лифтом. Я смутно чувствовал, что это неподходящее место для того, чтобы меня узнала публика.

Космический странник впустил меня в номер.

— Однако вы заставляете себя ждать, — заметил он.

— Неужели? — отозвался я как ни в чем не бывало и окинул взглядом компату. Номер был из дорогих, как я и предполагал, но в нем царил ужасный беспорядок: там и сям виднелись пустые стаканы и кофейные чашки. Было абсолютно ясно, что я — последний из множества посетителей. На диване, глядя на меня, лежал еще один человек, которого я про себя тоже сразу определил как космонавта. Я вопросительно взглянул на хозяина, ожидая, что мне представят незнакомца, но никакого представления не последовало.

— Слава богу, наконец-то вы явились. Давайте приступим к делу.

— Разумеется. Ваша реплика наводит на воспоминания, — добавил я, — о некоей премии или, возможно, отступных.

— Ах да. — Он повернулся к человеку на диване: — Джок, заплати ему.

— За что?

— *Заплати ему!*

Теперь я точно знал, кто здесь хозяин, хотя, как я сообразил позже, Дэк Бродбент не так уж часто давал это понять. Второй космонавт быстро поднялся, все еще недовольно хмурясь, и выложил передо мной полсотни и пять десяток. Я сунул их в карман, не считая, и произнес:

— Я к вашим услугам, джентльмены.

Верзила пожевал нижнюю губу.

— Прежде всего, я хотел бы, чтобы вы поклялись даже во сне не упоминать об этой работе.

— Если моего обычного слова недостаточно, то и клятва ни к чему. — Я взглянул на второго человека, вновь улегшегося на диване: — Мы, кажется, с вами незнакомы. Меня зовут Лоренцо.

Он взглянул на меня и отвернулся. Мой знакомый из бара поспешно уточнил:

— Имена роли не играют.

— Вот как? Мой отец, достойнейший человек, умирая, взял с меня слово не мешать виски с чем-либо, кроме воды, игнорировать аноним-

23

ные письма и, наконец, никогда не иметь дела с человеком, который отказывается назвать свое имя! Счастливо оставаться, господа! — Я направился к двери, ощущая, как сотня империалов греет мне бок.

— Подождите!

Я остановился.

— Вы совершенно правы, — сказал он. — Меня зовут...

— *Шкипер!*

— Оставь, Джок. Меня зовут Дэк Бродбент, а это Джок Дюбуа. Вон как он на меня смотрит. Мы оба — профессиональные пилоты: любые корабли, любые ускорения.

Я поклонился.

— Лоренцо Смайт, — сказал я, — потомственный артист, член «Клуба Ягнят».

Про себя я подумал, что давно пора бы заплатить клубу членские взносы.

— Вот и отлично. Джок, попробуй для разнообразия улыбнуться. Лоренцо, так вы согласны держать наше дело в тайне?

— Слово джентльмена. Мы же приличные люди!

— Независимо от того, беретесь вы за эту работу или нет?

— Независимо от того, приходим мы к соглашению или нет. Я честный человек, и, если меня не будут пытать, ваши сведения в полной безопасности.

— Я прекрасно знаю, какое воздействие на мозг оказывает неодексокаин, Лоренцо. Никто не требует от вас невозможного.

— Дэк, — вмешался Дюбуа — это неправильно. Нам следует, по крайней мере...

— Заткнись, Джок! До гипноза дело еще не дошло. Лоренцо, мы хотим, чтобы вы сыграли роль одного человека. Причем ни единая живая душа — понимаете: ни единая — не должна догадаться, что это подмена.

Я нахмурился:

— Сначала вам следовало бы спросить, могу ли я сделать это и хочу ли я делать это. В чем суть? Расскажите поподробнее.

— К подробностям мы перейдем позже. В общих чертах это напоминает роль двойника известного политического деятеля. Отличие состоит в том, что двойник должен быть настолько похожим, чтобы ввести в заблуждение людей, хорошо знающих изображаемое лицо, и не выдать себя даже при личной беседе. Это не просто прием парада с трибуны или награждение медалями юных скаутов. — Он пристально взглянул на меня: — Нужно быть настоящим артистом, чтобы так перевоплотиться.

— Нет, — быстро сказал я.

— Но почему? Вы ведь даже не знаете, что от вас требуется. Если вас мучает совесть, то уверяю, ваши действия не причинят вреда тому человеку, которого вам предстоит сыграть, и вообще чьим-либо законным интересам. Это действительно необходимо.

— Нет.

— Но почему, господи, почему? Вы даже не представляете, сколько мы вам заплатим.

— Деньги роли не играют, — твердо сказал я. — Я актер, а не двойник.

— Не понимаю. Множество актеров с удовольствием зашибают деньгу, публично появляясь вместо знаменитостей.

— Таких людей я считаю проститутками, а не коллегами. Разве можно уважать человека, который пишет книги за другого? Можно ли уважать художника, позволяющего кому-то подписывать свою картину — *за деньги*? Но скорее всего, вы чужды мира искусства, сэр, поэтому я попробую пояснить на другом примере, более вам понятном. Смогли бы вы *за деньги* взяться управлять кораблем, в то время как кто-то другой будет ходить в вашей форме и, совершенно не владея искусством пилотирования, публично называться пилотом?

— А сколько за это заплатят? — фыркнул Дюбуа.

Бродбент грозно взглянул на него.

— Кажется, я начинаю понимать вас.

— Для художника, сэр, самое главное — слава и признание. Деньги же — просто презренный металл, с помощью которого он может спокойно творить.

— Хм-м-м... хорошо, значит, только за деньги вы этого делать не хотите. А если бы вы, например, знали, что это необходимо и что никто иной не смог бы проделать это лучше вас?

— Допускаю такую возможность, хотя и не представляю подобных обстоятельств.

— А вам ни к чему их представлять, мы сами вам всем объясним.

Дюбуа вскочил с дивана:

— Но, Дэк, послушай, нельзя же...

— Отстань, Джок. Он должен знать.

— Он все узнает, но не здесь и не теперь. А ты не имеешь никакого права рассказывать ему это сейчас, подвергая тем самым опасности других. Ведь ты ничего не знаешь о нем.

— Я иду на сознательный риск. — Бродбент повернулся ко мне.

Дюбуа схватил его за плечо и снова развернул лицом к себе.

— Сознательный риск, черт бы тебя побрал, да? Я давно тебя знаю — но на этот раз, прежде чем ты откроешь рот... в общем, после этого один из нас точно не сможет никому ничего рассказать.

Бродбент был удивлен. Он холодно улыбнулся Дюбуа:

— Джок, сынок, ты, кажется, считаешь себя достаточно взрослым, чтобы справиться со мной?

Дюбуа, видимо, не собирался уступать. Бродбент был выше его на целую голову и тяжелее килограммов на двадцать. Я поймал себя на том, что Дюбуа внезапно стал мне симпатичен. Меня всегда очень трогали беззаветная отвага котенка, природная храбрость боевого петуха, решимость слабого человека сражаться до последнего, но не быть сломленным.

У меня и в мыслях не было вмешиваться в их ссору. Любой человек имеет право сам решать, где, когда и каким образом ему следует быть битым.

Я чувствовал, что напряжение возрастает. Внезапно Бродбент весело расхохотался и хлопнул Дюбуа по плечу со словами:

— Молодец, Джок! — Потом он повернулся ко мне и тихо сказал: — Извините, нам нужно на несколько минут оставить вас в одиночестве. Мы с другом должны кое-что обсудить.

В номере имелся укромный уголок, оборудованный фоном и автографом. Бродбент отвел

Дюбуа туда, и у них завязался оживленный разговор.

Иногда подобные ухищрения не полностью гасят звук. Но «Эйзенхауэр» был отелем высокого класса, и оборудование в нем работало отлично. Я видел, как шевелятся их губы, но до меня не доносилось ни звука.

Зато губы мне были действительно хорошо видны. Бродбент расположился ко мне лицом, а Дюбуа я мог видеть в зеркале на противоположной стене. Когда я выступал в качестве знаменитого чтеца мыслей, я понял, зачем отец лупил меня до тех пор, пока я не овладел в совершенстве этим искусством. Читая мысли, я всегда требовал, чтобы зал был ярко освещен, и надевал очки, которые... одним словом, я читал по губам.

Дюбуа говорил:

— Дэк, ты проклятый, преступный и совершенно невероятный кретин. Ты хочешь, чтобы остаток своих дней мы провели на Титане, пересчитывая скалы? Это самодовольное ничтожество сразу же наложит в штаны.

Я чуть не пропустил ответ Бродбента. «Самодовольное», ничего себе! Я, конечно, сознавал, что талантлив, но в то же время человек я в общем-то достаточно скромный.

Бродбент:

— Не имеет значения, что крупье мошенник, если это единственное казино в городе. Джок, никто больше нам помочь не сможет.

Дюбуа:

— Ну хорошо, тогда вызови дока Скорта, загипнотизируйте этого паяца, вколите ему наркотик. Но не посвящай его во все подробности — пока с ним еще не все ясно и пока мы на Земле.

Бродбент:

— Скорт сам говорил мне, что мы не можем рассчитывать только на гипноз и лекарства. Для наших целей этого недостаточно. Нам требуется его сознательное содействие, разумное сотрудничество.

Дюбуа фыркнул:

— Да что там разумного! Ты посмотри на него. Ты когда-нибудь видел петуха, разгуливающего по двору? Да, он примерно того же роста и комплекции, и форма головы у него почти такая же, как у шефа, — но это все! Он не выдержит, сорвется и испортит все дело. Ему не под силу сыграть такую роль — это просто дешевый актеришка.

Если бы великого Карузо обвинили в том, что он сфальшивил, он не был бы более оскорблен, чем я. Я безмолвно призвал в свидетели Бэрбеджи и Бута, что это вопиющее по своей несправедливости обвинение. Я продолжал полировать ногти и делать вид, что абсолютно спокоен. Когда мы с Дюбуа познакомимся поближе, я заставлю его сначала смеяться, а потом плакать, и все это на протяжении двадцати секунд. Я выждал еще несколько мгновений, а затем встал и направился в звукоизолированный уголок.

Когда они увидели, что я собираюсь подойти, сразу же замолчали. Я тихо проговорил:

— Ладно, джентльмены, я передумал.

Дюбуа облегченно вздохнул:

— Так вы согласны на эту работу?

— Я принимаю предложение. И не нужно ничего объяснять. Дружище Бродбент уверял меня, что мне не придется вступать в сделку с собственной совестью, — и я верю ему. Он утверждал, что ему необходим актер. Материальная сторона дела — не моя забота. Одним словом, я согласен.

Дюбуа переменился в лице, но ничего не сказал. Я ожидал, что Бродбент будет доволен, но вместо этого он выглядел обеспокоенным.

— Хорошо, — согласился он, — тогда давайте обсудим все до конца, Лоренцо. Я не могу точно сказать, в течение какого времени мы будем нуждаться в ваших услугах. Но конечно же не более нескольких дней, и за этот срок вам придется сыграть свою роль только раз или два.

— Это не имеет значения, если у меня будет достаточно времени войти в роль — перевоплотиться. Но скажите хотя бы приблизительно, на сколько дней я вам понадоблюсь? Должен же я известить своего агента!

— О нет! Ни в коем случае!

— Так каков же все-таки срок? Неделя?

— Наверное, меньше, иначе мы пропали.

— Что?

— Да нет, не обращайте внимания. Вам достаточно будет ста империалов в день?

Я поколебался, вспомнив, с какой легкостью он воспринял мою минимальную цену за небольшое интервью, и решил, что самое время сделать широкий жест.

— Сейчас об этом не стоит. Вне всякого сомнения, гонорар, который вы мне заплатите, будет соответствовать уровню моей игры.

— Хорошо, хорошо. — Бродбент нетерпеливо повернулся к Дюбуа: — Джок, свяжись с Полом. Затем позвони Лэнгтону и скажи ему, что мы приступаем к выполнению плана «Марди Гра». Пусть он синхронизируется с нами. Лоренцо... — Он знаком велел мне следовать за ним и направился в ванную. Там он открыл небольшой ящичек и спросил: — Можете ли вы как-нибудь использовать этот хлам?

Да, это действительно был хлам — очень дорогой и непрофессиональный набор косметики, которые обычно покупают юнцы, горящие желанием стать великими актерами. Я взглянул на него с легким недоумением:

— Если я вас правильно понял, сэр, вы хотите, чтобы я немедленно начал работу по перевоплощению? И вы даже не дадите мне времени на изучение прообраза?

— Нет, нет! Я просто хотел попросить вас изменить лицо — кто-нибудь может узнать вас, когда мы будем выходить из отеля.

Я холодно заметил, что быть узнаваемым публикой — это ноша, которую вынуждены нести все знаменитости. И даже не стал добавлять, что наверняка многие сразу узнают Великого Лоренцо, если он появится в общественном месте.

— О'кей. В таком случае измените свою физиономию так, чтобы вас никто не узнал, — сказал он и быстро вышел.

Я тяжело вздохнул и стал рассматривать детские игрушки, которые он считал орудием моего искусства: жирный крем, подходящий разве что для клоуна; вонючие резиновые накладки; фальшивые волосы, словно вырванные с мясом из ковра, устилающего гостиную тетушки Мегги. Зато ни одной унции силикоплоти, ни одной электрощетки, вообще никаких приспособлений для изменения внешности. Но подлинный художник может творить чудеса даже с помощью горелой спички или того, что можно найти на любой кухне. Я отрегулировал освещение и углубился в размышления.

Существует несколько способов изменить лицо так, чтобы не быть узнанным. Самый простой — это отвлечь от лица внимание. Оденьте человека в форму, и его наверняка никто не запомнит: смогли бы вы, например, восстановить в памяти лицо последнего встреченного вами полисмена? А смогли бы узнать его потом, переодетым в штатское? На том же принципе основан метод привлечения внимания к какой-нибудь черте лица. Приделайте человеку огромный нос, да еще, например, с безобразной бородавкой; нескромный человек уставится только на этот нос, воспитанный же человек отвернется — но ни тот ни другой не запомнят вашего лица.

Впрочем, я решил не применять этот прием, так как рассудил, что мой работодатель хотел сделать меня совсем незаметным, чтобы мое лицо не только стало неузнаваемым, но и вообще не бросалось в глаза. Это уже гораздо труднее — стать заметным несравненно проще, чем незаметным. Мне необходимо было самое обычное лицо, не поддающееся запоминанию, как подлинное лицо бессмертного Алека Гиннеса. К несчастью, мои аристократические черты слишком изысканны, слишком приятны — большое неудобство для характерного актера. Как говаривал, бывало, мой отец: «Ларри, уж больно ты симпатичный! Если ты вовремя не избавишься от лени и не изучишь как следует наше ремесло, то тебе, видимо, придется лет пятнадцать поболтаться в дилетантах, а потом остаток жизни прозябать в фойе, продавая пирожные зрителям. «Балбес» и «красавчик» — два наиболее оскорбительных термина в шоу-бизнесе, а ты, к сожалению, являешься и тем и другим».

После этого он обычно снимал ремень и начинал развивать мою сообразительность. Папаша был психологом-практиком и свято верил, что постоянный массаж ягодичной седалищной мышцы с помощью ремня способствует оттоку дурной крови из мальчишеских мозгов. Хотя теория и была довольно шаткой, результаты оправдывали метод: когда мне стукнуло пятнадцать, я мог стоять на голове на тонкой проволоке и декламировать страницу за страницей Шекспира и Шоу или устраивать целое представление из прикуривания сигареты.

Я пребывал в состоянии глубокой задумчивости, когда Бродбент снова заглянул в ванную.

— Боже милостивый! — воскликнул он. — Вы еще даже и не начинали?

Я холодно взглянул на него:

— Я предполагал, вам требуется лучшее, на что я способен. В этом случае спешка может только повредить. Как вы думаете, сможет ли самый искусный кулинар придумать новое блюдо, сидя на несущейся галопом лошади?

— Черт их дери, этих лошадей! — Он взглянул на часы. — У нас в распоряжении всего шесть минут. Если вы за это время ничего не сумеете сделать, нам придется положиться на удачу.

Еще бы! Конечно, я бы предпочел побольше времени, но в искусстве быстрой трансформации я едва ли уступал своему отцу: «Убийство Хью Лонга» — пятнадцать частей всего за семь минут, а однажды я успел сыграть эту вещь, обогнав его на девять секунд.

— Стойте там, где стоите, — бросил я ему. — Сейчас я буду готов. — Затем я быстро загримировался под Бонни Грея, неприметного человека, который совершает убийство за убийством в «Доме без дверей»: два быстрых мазка для придания безвольности очертаниям моих щек от крыльев носа к уголкам рта, легкие тени под глаза и землистого цвета грим поверх всего. Процедура заняла у меня не больше двадцати секунд, я мог бы проделать все это даже во сне. Эта постановка с моим участием шла на подмостках девяносто два раза, прежде чем ее отсняли для стереовидения.

Затем я повернулся к Бродбенту, и тот ахнул:

— Боже! Я глазам своим не верю!

Я был Бонни Греем и не улыбнулся в ответ на возглас восхищения.

Он все еще продолжал таращиться на меня.

— Послушайте, — сказал он наконец, — а не могли бы вы сделать что-нибудь подобное со мной? Но только быстро?

Я уже был готов ответить «нет», когда сообразил, что это отличное испытание для моего таланта. У меня было непреодолимое искушение сказать ему, что если бы он попал в руки моего отца, то уже через пять минут мог бы смело водить за нос простаков на барахолке, но потом я решил, что лучше этого не делать.

— Вы просто хотите, чтобы вас не узнали? — спросил я.

— Именно! Нельзя ли меня как-нибудь перекрасить, или приделать фальшивый нос, или что-нибудь в этом духе?

Я покачал головой:

— Что бы вы ни сделали с вашим лицом при помощи грима, вы все равно будете выглядеть как ребенок, переодетый для маскарада. Ведь вы не умеете играть, да и возраст у вас уже не тот. Нет, лицо ваше мы трогать не будем.

— Но ведь если мне привесить вот этот...

— Слушайте меня внимательно. Уверяю вас, все, чего вы добьетесь при помощи этого накладного носа, — это привлечете к себе внимание. Может быть, вас устроит, если какой-нибудь знакомый, увидев вас, скажет: «Ба, этот парень здорово напоминает Дэка Бродбента. Конечно, это не он, но здорово похож». А?

— Думаю, да. Если только он на сто процентов будет уверен, что это не я. Предполагается, что я сейчас на... В общем, в настоящий момент меня на Земле быть не должно.

— Он будет совершенно убежден, что это не вы, потому что мы изменим вашу походку. Это самая характерная ваша черта. Если вы будете ходить иначе, то никто и не подумает, что это вы: просто здоровый парень, который немного смахивает на вас.

— Хорошо, покажите мне, как нужно ходить.

— Нет, этому вы никогда не научитесь. Мне придется вынудить вас ходить так, как я считаю нужным.

— Как это — вынудить?

— Мы насыпем горсть камешков или чего-нибудь в этом роде в носки ваших туфель. Это заставит вас больше опираться на пятки и ходить выпрямившись. Вы не сможете ходить скользящей, кошачьей походкой космонавта.

М-м-м... А плечи вам, видимо, придется обмотать липкой лентой, чтобы вы немного отставили их назад. Думаю, этого будет достаточно.

— И вы полагаете, меня не узнают только потому, что я буду ходить иначе?

— Конечно. Ваши знакомые не смогут понять, почему они уверены, что это не вы, но подсознательная убежденность в этом не оставит у них никаких сомнений. Конечно, я немного подправлю вам лицо, просто для того, чтобы вы чувствовали себя увереннее, но в принципе это необязательно.

Мы вернулись в комнату. Я, естественно, оставался Бонни Греем: после того как я вхожу в роль, вернуться к своей подлинной личности я могу только сознательным усилием. Дюбуа разговаривал с кем-то по фону; он поднял глаза, увидел меня, и у него отвалилась челюсть. Пулей выскочив из зоны тишины, он резко спросил:

— Кто этот тип? И куда делся актер?

На меня он взглянул только один раз и отвернулся. Бонни Грей — такой усталый, отталкивающий человечек, что на него и смотреть-то не хочется.

— Какой актер? — отозвался я ровным, бесцветным голосом Бонни. Дюбуа снова посмотрел на меня и начал было отворачиваться, но тут его взгляд упал на мою одежду. Бродбент расхохотался и хлопнул его по плечу:

— А ты говорил, что он не умеет играть! — И без всякого перехода поинтересовался: — Ты со всеми успел связаться, Джок?

— Да. — Дюбуа еще раз взглянул на меня, совершенно пораженный.

— Отлично. Через четыре минуты нам нужно уходить. Ну, теперь посмотрим, как быстро вы расправитесь со мной, Лоренцо.

Дэк уже снял один ботинок, когда над дверью загорелся сигнал и зазвенел звонок. Он застыл:

— Джок! Разве мы ждем кого-нибудь?

— Может быть, это Лэнгтон. Он сказал, что, возможно, успеет зайти до того, как мы смоемся отсюда. — Дюбуа направился к двери.

— Нет, это не Лэнгтон. Должно быть, это... — Я не успел расслышать, кого назвал Бродбент, — Дюбуа отпер дверь. В дверях возвышался похожий на гигантскую поганку марсианин.

Какой-то миг я смотрел только на марсианина и поэтому не заметил человека, стоявшего позади него. Не заметил я и боевого жезла, зажатого в псевдоконечности марсианина.

Марсианин вплыл в комнату, человек вошел за ним, и дверь закрылась. Поганка проскрипела:

— Добрый день, джентльмены. Собираетесь куда-нибудь?

Я просто оцепенел и как будто даже прирос к месту от острого приступа ксенофобии. Дэк немного замешкался, зато малыш Джок Дюбуа действовал с тем искренним героизмом, из-за которого я ранее почувствовал к нему симпатию. Он всем телом бросился на боевой жезл, он не сделал даже попытки увернуться.

Должно быть, Дюбуа был мертв еще до того, как его тело коснулось пола: в животе его зияла дыра, в которую можно было засунуть кулак. Но перед смертью он успел вцепиться в псевдоконечность марсианина и, падая, увлек ее за собой. Она вытянулась, как резиновая, затем с треском лопнула у самого основания, а несчастный Джок продолжал сжимать мертвыми руками отобранный у марсианина жезл.

Человек, который проник в номер следом за этой омерзительной инопланетной штуковиной, был вынужден сделать шаг в сторону. Тут-то он и допустил ошибку. Ему сначала надо было пристрелить Дэка, а потом меня. Вместо этого он выстрелил в мертвого Джока, поэтому второго выстрела ему сделать не пришлось — Дэк разрядил свою пушку прямо ему в лицо. Мне даже в голову не приходило, что Дэк вооружен.

Обезоруженный марсианин бежать не пытался. Дэк вскочил на ноги, осторожно приблизился к марсианину и сказал:

— А, Ррингриил. Я вижу тебя.

— Я вижу тебя, капитан Дэк Бродбент, — проскрежетал марсианин. — Ты скажешь моему гнезду?

— Я скажу твоему гнезду, Ррингриил.

— Благодарю тебя, капитан Дэк Бродбент.

Дэк вытянул свой длинный костлявый палец и ткнул им в первый попавшийся глаз марсианина. Проткнув мозговую полость, он вытащил палец, весь покрытый чем-то вроде зеленоватого гноя. В спазме агонии псевдоконечности чудовища втянулись обратно в туловище, но и после смерти марсианин продолжал стоять на своем основании. Дэк поспешил в ванную; я услышал, как он моет руки. Я же оставался на месте, так как не в силах был сделать ни шагу, как и мертвый Ррингриил.

Дэк вышел из ванной, вытирая руки о рубашку, и сказал:

— Нужно уничтожить все следы. У нас очень мало времени. — Он сказал это так, будто нам предстояло подмести пол.

Я попытался сказать ему, что не собираюсь принимать в этом участия. Нам следует вызвать копов, причем я собираюсь смыться отсюда до того, как они появятся, а он может отправляться к чертовой бабушке со своей проклятой работой. Если бы у меня были крылья, я с огромным удовольствием выпорхнул бы в окно. Но Дэк просто отмахнулся от всего этого:

— Не суетись, Лоренцо. Время теперь работает против нас. Помоги лучше отнести тела в ванную.

— Что? Боже милостивый! Давайте просто запрем номер и смотаем удочки. Может быть, никто не свяжет это с нами.

— Может, и нет, — согласился он, — потому что никто не предполагает, что мы можем быть здесь. Но легко будет установить, что Рингриил убил Джока, а этого допустить нельзя. По крайней мере, сейчас.

— Как это?

— Мы не можем позволить, чтобы в печать проникло сообщение о том, что марсианин убил человека. Так что заткнитесь и помогите мне.

Я заткнулся. К счастью, я вспомнил, что Бонни Грей был безумным психопатом с садистскими наклонностями, которому доставляло особое удовольствие расчленять тела своих жертв. Я позволил Бонни Грею оттащить оба человеческих тела в ванную, в то время как Дэк с помощью жезла разделал Рингриила на мелкие кусочки. Первый разрез он сделал очень осторожно — чуть ниже мозговой полости, —

поэтому грязи почти не было. Я не мог помочь ему: мне казалось, что мертвый марсианин воняет еще хуже, чем живой.

Люк мусоросжигателя был скрыт за стеклянной панелью в ванной. Если бы он не оказался снабжен знаком «радиация», найти его было бы весьма сложно. После того как мы спустили туда останки марсианина (я настолько собрался духом, что даже смог помочь), Дэк приступил к гораздо более неприятной работе: разделыванию при помощи жезла человеческих трупов.

Просто удивительно, сколько крови в человеке. Мы открутили краны на полную мощность, и все равно все кругом было в крови. Дэк быстро расправился с трупом незнакомца, однако, когда он добрался до бедного Джока, у него опустились руки, поэтому я отстранил его, пока он не отхватил себе пальцы, и предоставил Бонни Грею возможность заняться любимым делом.

Когда я закончил работу и не осталось ничего, что могло бы свидетельствовать о пребывании в номере еще двух человек и чудовища, я тщательно вытер ванную и выпрямился. Дэк уже стоял в дверях, спокойный как всегда.

— Я уничтожил все следы, — сказал он. — Возможно, опытный криминалист с соответствующим оборудованием сможет восстановить картину происшедшего, но, скорее всего, никто ничего не заподозрит. Нам нужно наверстать по крайней мере минут двадцать. Пошли.

— Хорошо. Давайте закончим с вашими ботинками.

Он отрицательно покачал головой:

— Это будет мешать мне. В нашей ситуации скорость важнее, чем опасность быть узнанным.

— Как скажете. — Я последовал за ним к выходу, но он вдруг остановился и сказал:

— Здесь могут быть и другие. Старайтесь стрелять первым — ничего другого не остается. — В руке он сжимал прикрытый плащом боевой жезл.

— Марсиане?

— Или люди. Или те и другие.

— Дэк, скажите, Ррингриил был среди тех марсиан в баре «Каса Маньяна»?

— Конечно. А как вы думаете, зачем бы мне иначе было уходить оттуда и вызывать вас по фону? Они выследили или меня, или вас. Кстати, вы не узнали его?

— Боже, конечно нет. Эти чудовища все одинаковые.

— А они утверждают, что это мы все на одно лицо. Эти четверо были Ррингриилы, первый брат и еще двое из их гнезда. У вас есть оружие?

— Есть. Дэк, я не знаю, что происходит, но, пока эти чудовища против вас, я с вами. Я презираю марсиан.

Он был ошарашен:

— Вы сами не понимаете, что говорите. Мы не сражаемся с марсианами. Эти четверо — просто ренегаты.

— Что?

— Хороших марсиан — подавляющее большинство. Черт возьми, даже Ррингриил во многих отношениях был не таким уж плохим — мы с ним в свое время славно игрывали в шахматишки.

— Ах вот как! В таком случае я...

— Бросьте. Вы слишком глубоко увязли в этом. А теперь шагом марш к лифту. Я буду прикрывать.

Я заткнулся. Действительно, увяз по самые уши — это было бесспорно.

Мы спустились вниз и двинулись к скоростной линии подземки. К станции как раз подошла пустая двухместная капсула. Дэк так быстро впихнул меня внутрь, что я даже не успел заметить, какую комбинацию он набрал. Но я не очень удивился, когда капсула сбросила скорость и перед нами появилась надпись: «Космопорт Джефферсона — освободите капсулу!»

Мне было ясно одно: чем дальше мы от отеля «Эйзенхауэр», тем лучше. За те несколько минут, что мы провели в капсуле, у меня возник план. Охарактеризовать его можно было коротко: «Мигом исчезнуть!»

Еще сегодня утром я бы решил, что такой план очень трудно осуществить. В нашем обществе человек без денег беспомощен, как дитя. Но с сотней кредиток в кармане я мог убежать далеко и спрятаться надежно. Я не чувствовал себя чем-либо обязанным Дэку Бродбенту. Из-за него я чуть не погиб, он сделал меня соучастником преступления, а теперь вынуждает меня скрываться от правосудия. Но пока мы избежали встречи с полицией, я мог просто скрыться от Бродбента и забыть обо всем этом, как о кошмарном сне. Вряд ли кто-нибудь связал бы это дело со мной, даже если бы следы преступления и обнаружились: к счастью, джентльмен всегда носит перчатки, а я свои снимал лишь для того, чтобы нанести грим.

Несмотря на прилив юношеского героизма, когда я решил, что Дэк борется против марсиан, меня по большому счету совершенно не интересовали его планы. А уж когда я узнал, что в основной массе марсиане ему симпатичны, то даже это чувство улетучилось без остатка. К черту Бродбента! Все, чего я хотел от жизни, — это иметь достаточно денег для того, чтобы я мог спокойно практиковаться в своем искусстве; все эти дурацкие казаки-разбойники совершенно меня не привлекали — на мой взгляд, это было похоже на очень плохое театральное представление.

Космопорт Джефферсона был, казалось, специально создан для того, чтобы я мог без помех привести свой план в исполнение. Заполненный народом, беспорядочно снующим во всех направлениях, опутанный паутиной скоростных дорог, он дал бы мне прекрасную возможность, если бы, конечно, Дэк отвернулся хоть на полсекунды, мгновенно исчезнуть и вскоре уже быть где-нибудь на полпути к Омахе. Там бы я залег на несколько недель, а затем связался со своим агентом и узнал, не пытался ли кто-нибудь разыскать меня.

Дэк, видимо, тоже догадывался о моих намерениях, потому что из капсулы мы выбрались одновременно. Иначе я бы тут же захлопнул дверь и растворился в толпе. Мы поднялись в кассовый зал, который находился у самой поверхности земли. Дэк решительно направился к кассам компании «Диана лтд», и я предположил, что он собирается купить билеты на рейсовый лайнер до Луны. Каким образом он намеревался протащить меня на борт без паспорта и справки о прививках, я не мог даже предположить, но, видимо, такие возможности у него имелись. Я решил, что сбегу, когда он вытащит бумажник: человек, считающий деньги, всегда на некоторое время отвлекается.

Но мы проследовали мимо касс «Дианы» без остановок и направились к проходу, над которым висела табличка «Частные стоянки». Людей здесь почти не было. Я с огорчением понял, что упустил свой шанс там, в главном зале с его суетой и неразберихой.

— Дэк, мы летим куда-нибудь?

— Конечно.

— Дэк, вы с ума сошли. У меня нет никаких документов. У меня нет даже туристской визы для посещения Луны.

— Они не понадобятся.

— Каким образом? Меня задержит иммиграционное управление. А потом здоровенный коп начнет задавать мне неудобные вопросы.

— Зачем вам проходить иммиграционный контроль, если официально вы никуда не отбываете? А я — никогда не прибывал на Землю. Так что поторопитесь, старина.

Он потащил меня за собой. Я мускулист и не слишком тщедушен, но ощущение у меня было такое, будто робот дорожной полиции вытаскивает меня из опасной зоны. Я увидел надпись «Мужской» и сделал отчаянную попытку вырваться.

— Дэк, пожалуйста, всего полминуты. Не хотите же вы, чтобы я наделал в штаны?

Он усмехнулся:

— С чего бы это? Вы ведь посетили аналогичное заведение, когда мы уходили из отеля. — Он даже не замедлил шага и ни на йоту не ослабил хватку.

— Понимаете, у меня что-то с почками...

— Лоренцо, старина, шестое чувство всегда подсказывает мне, когда кто-нибудь хочет сделать ноги. Знаете, как я поступлю? Видите того копа впереди? — В конце коридора, у выхода к частным стоянкам, отдыхал блюститель порядка, положив ноги на стол. — Я вдруг почувствовал внезапные угрызения совести. Я должен кому-нибудь все рассказать — о том, как вы убили случайно зашедшего марсианина, находящегося на Земле с дружественным визитом, и двух сопровождающих его людей. О том, как вы направили на меня оружие и силой заставили помочь вам избавиться от трупов. А еще о том, как...

— Дэк, вы с ума сошли!

— Я просто вне себя от душевных терзаний и ужаса, приятель.

— Но ведь на самом деле все было не так!

— Да неужели? Боюсь, что мой рассказ будет звучать более убедительно, чем ваш. Я-то ведь знаю, из-за чего все это произошло, а вы — нет. Я знаю о вас все, а вы обо мне — ничего. Например... — И он упомянул пару деталей из моего прошлого, которые, я мог бы поклясться в этом, давно похоронены и забыты. Ну ладно, я действительно как-то провел пару сомнительных сделок с акциями, хотя это и против семейных традиций, — надо же человеку как-то зарабатывать на жизнь. Но уж история с Бобби — это просто нечестно. Я ведь тогда понятия не имел, что она несовершеннолетняя. А что до того счета из отеля, то просто дико рассматривать злостного неплательщика как вооруженного грабителя, — какой-то провинциальный подход к законам у этих ребят из Майами-Бич. Разумеется, если бы у меня были деньги, я бы обязательно заплатил. А взять, к примеру, этот несчастный случай в Сиэтле... —

Так вот, — продолжал Дэк, — мы сейчас подойдем к этому уважаемому жандарму и облегчим душу. Ставлю семь против двух, что знаю наверняка, кого из нас первым отпустят на поруки.

Мы молча прошли мимо копа. Он был поглощен разговором с дежурной, сидевшей за барьером, и не обратил на нас внимания. Дэк вытащил из кармана две карточки, на которых значилось: «Пропуск на поле — Разрешение на обслуживание — Стоянка К-127», и сунул их в считывающее устройство. На экране появилась надпись, рекомендующая нам взять машину на верхнем уровне, код «Кинг-127». Дверь распахнулась и сразу же закрылась за нами, а механический голос произнес:

«Пожалуйста, соблюдайте осторожность, строго следуйте указаниям предупредительных надписей, чтобы не подвергнуться радиоактивному облучению. Администрация космопорта не несет ответственности за несчастные случаи на взлетном поле».

Усевшись в машину, Дэк набрал на пульте совсем не тот код, что рекомендовал автомат. Машина развернулась и въехала в подземный туннель, ведущий куда-то под взлетное поле. Мне теперь было все равно. Я больше не трепыхался.

Как только мы вышли из машины, она снова развернулась и двинулась в обратном направлении. Передо мной была лестница, верхний конец которой исчезал где-то в стальном потолке над нами. Дэк подтолкнул меня к ней:

— Поднимайтесь первым.

В потолке был круглый люк с надписью: «Радиационная опасность — Оптимальное время — 13 секунд». Написано было мелом. Я остановился. Детей я, конечно, заводить не собирался, но рисковать зря не хотелось. Дэк улыбнулся и сказал:

— Ну что, забыли надеть свои просвинцованные штаны? Открывайте люк и сразу по лестнице поднимайтесь на корабль. Если не будете считать ворон по пути, то на все уйдет не более десяти секунд.

Кажется, я проделал все это гораздо быстрее. Футов десять мне пришлось подниматься под открытым небом, а затем я нырнул во входной люк корабля. Летел я, по-моему, перепрыгивая через три ступеньки.

Корабль был небольшим. По крайней мере, рубка управления оказалась очень тесной. А снаружи осмотреть корабль я не успел. Единственными кораблями, на которых я когда-либо летал, были рейсовые лайнеры класса «Евангелина» и их близнец «Габриэль». Это было в тот год, когда я неосторожно принял предложение выступать на Луне вместе с несколькими другими артистами. Наш импресарио полагал, что жонглирование, ходьба по канату и акробатические номера при лунном тяготении, которое составляет всего одну шестую земного, пройдут куда успешнее. Все это было бы верно, если бы нам дали возможность свыкнуться с лунным тяготением, но в контракте, к сожалению, время на это предусмотрено не было. В итоге для того, чтобы вернуться на Землю, мне пришлось прибегнуть к помощи Фонда нуждающихся актеров, при этом я оставил на Луне весь свой гардероб.

В рубке обнаружились два человека: один лежал в противоперегрузочном кресле, щелкая переключателями, второй совершал непонятные манипуляции с отверткой. Тот, что лежал в кресле, взглянул на меня и ничего не сказал. Второй повернулся, окинул меня подозрительным взглядом и тревожно спросил:

— Что с Джоком?

Дэк выпрыгнул из люка позади меня.

— Сейчас нет времени! — рявкнул он. — Нам разрешили взлет? Кто разговаривал с диспетчерской?

Человек в кресле лениво отозвался:

— Я сверяюсь с ними каждые две минуты. Все в порядке. Осталось сорок... э-э-э... семь секунд.

— Брысь с кресла, Рэд! Живо! Мне нужно проверить приборы!

Рэд лениво поднялся, и Дэк плюхнулся на его место. Космонавт с отверткой устроил меня в кресле второго пилота и пристегнул ремнем. Затем он направился к выходу. Рэд последовал было за ним, потом остановился и повернулся к нам.

— Билеты, пожалуйста! — добродушно сказал он.

— О, дьявол! — Дэк ослабил ремень, полез в карман, вытащил два полевых пропуска, благодаря которым мы попали на борт, и вручил их Рэду.

— Благодарю! — ответил Рэд. — Увидимся в церкви. Ну, горячих вам двигателей и всего такого.

И он с ленивым изяществом исчез. Я услышал, как захлопнулся входной люк. Дэк ничего не сказал ему на прощанье — его взгляд был сосредоточен на циферблатах пульта, он что-то осторожно подстраивал и регулировал.

— Двадцать одна секунда! — сказал он мне. — Никакого предупреждения не будет. Убедитесь, что руки находятся внутри кресла и тело расслаблено. Ничего не бойтесь.

Я сделал то, что мне было велено, и стал ждать. Мне казалось, прошли целые часы, напряжение внутри меня росло и ощущалось чуть ли не физически. Наконец я не выдержал и позвал:

— Дэк?

— Заткнись!

— Я только хотел узнать, куда мы летим?

— На Марс.

Я увидел, как он нажимает какие-то кнопки на пульте, и потерял сознание от внезапно возникших перегрузок.

Глава 2

Ну что смешного в том, что человеку плохо?! Эти болваны с желудками из нержавеющей стали всегда смеются. Держу пари, они посмеялись бы над собственной бабушкой, если бы та сломала обе ноги.

Разумеется, как только прекратилось ускорение и корабль перешел в свободный полет, меня затошнило от невесомости. Но продолжалось это совсем недолго, потому что мой желудок был почти пуст, я ничего не ел с самого утра. После этого я почувствовал себя совсем несчастным из-за предстоящего длительного перелета на этот чертов Марс. С другим кораблем мы встретились всего через час сорок три минуты, но мне, наземнику, это время показалось вечностью, проведенной в чистилище.

Надо отдать должное Дэку: он не смеялся. Дэк был профессионалом и отнесся к естественной реакции моего организма с пониманием.

Мы почти вплотную подошли к большому кораблю, находящемуся на орбите около Земли. Но, к сожалению, я еще не успел к этому времени оправиться настолько, чтобы проявлять интерес к чему бы то ни было. Мне кажется, если кто-нибудь сказал бы жертве космической болезни, что его расстреляют на рассвете, то единственным ответом стала бы просьба: «Вот как? Не будете ли вы так добры передать мне вот тот пакет?»

Наконец мне стало легче. Дэк почти все время был с кем-то на связи, причем связь велась, по-видимому, узко направленным лучом, так как он постоянно корректировал положение корабля. Я не слышал, что он говорит, и не мог видеть его губ, так низко он склонился над переговорным устройством. Можно было предположить, что он беседует с межпланетным кораблем, с которым мы должны были встретиться.

Наконец он оторвался от коммуникатора и закурил. Подавив желудочные спазмы, которые возникли у меня от запаха табачного дыма, я спросил:

— Дэк, не пора ли рассказать мне о том, что меня ожидает?

— У нас будет уйма времени по пути на Марс.

— Вот как? Черт бы вас побрал с вашими секретами, — слабо возмутился я. — Я не хочу на Марс. Я никогда бы и не подумал принимать ваше сумасшедшее предложение, если бы знал, что придется лететь на Марс.

— Наружный люк позади вас. Можете выйти и отправляться на все четыре стороны. Только не забудьте захлопнуть его за собой.

Я гордо промолчал. Он тем временем продолжил:

— Впрочем, если вы не умеете дышать в пустоте, то самое лучшее для вас — это отправиться со мной на Марс, а я уж позабочусь, чтобы вы целым и невредимым вернулись на Землю. «Пострел» — так именуется эта посудина — вот-вот состыкуется с межпланетным кораблем «Банкрот», который через семнадцать секунд после этого стартует к Марсу, потому что мы должны быть там в среду.

Я с раздражением ответил:

— Я не собираюсь ни на какой Марс. Я собираюсь остаться на этом корабле. Кто-то ведь должен посадить его на Землю. Меня не проведешь.

— Верно, — согласился Бродбент. — Но вас-то в нем не будет. Те трое, которые, как предполагают в космопорте Джефферсона, должны находиться на этом корабле, сейчас находятся на борту «Банкрота». А «Пострел», как вы уже, наверное, успели заметить, трехместный. Боюсь, что будет затруднительно предоставить вам место. И, кроме того, как вы собираетесь пройти через иммиграционный контроль?

— Мне наплевать! Я хочу обратно на твердую землю.

— А заодно и в тюрьму по целой куче обвинений, начиная с незаконного выхода в космос и кончая убийствами и грабежом на космических линиях. В конце концов вас сопроводят в тихую, укромную комнатку, где введут вам иглу под глазное яблоко и узнают все, что им нужно. Они отлично знают, какие вопросы следует задавать, и вы не сможете на них не ответить. Но меня вы сюда приплести тоже не сможете, потому что старина Дэк Бродбент уже давным-давно не был на Земле, и это смогут подтвердить свидетели с кристально чистой репутацией.

Я почувствовал тошноту при одной мысли обо всем этом.

— Так ты, значит, собираешься выдать меня полиции? Ты, грязный, вонючий... — Я запнулся, не в силах подыскать подходящее ругательство.

— Попридержите язык, старина. Я не собираюсь никого никому выдавать. Но вот парный брат Ррингриила Ррингглатх определенно знает, что его близнец вошел в один из номеров отеля «Эйзенхауэр», а обратно уже выбраться не смог. Он-то и наведет ищеек. Парный брат — это такое родство, которого нам не понять, потому что мы не размножаемся делением.

По словам Дэка выходило, что мне никогда не вернуться на Землю. Я так и сказал ему. Он отрицательно покачал головой:

— Это не так. Положитесь на меня, и мы вернем вас так же чисто и аккуратно, как доставили сюда. Вы выйдете из ворот того же — или какого-нибудь другого — космопорта с пропуском, в нем будет сказано, что вы — механик, вас вызвали в последнюю минуту устранить мелкое повреждение. Кроме того, вы будете загримированы, а на плече у вас будет висеть сумка с инструментами. Наверняка такой актер, как вы, сможет сыграть роль механика хотя бы несколько минут?

— А? Ну конечно. Но...

— Вот то-то и оно! Держитесь за Дэка: он о вас позаботится. Для того чтобы провезти меня на Землю, а потом отправить сюда нас с вами, понадобились усилия восьми членов гильдии; и мы можем проделать все это еще раз. Но если космические братья не будут помогать вам, то ваши шансы равны нулю. — Он улыбнулся. — В глубине души любой космонавт — вольный торговец. И, не занимаясь древним искусством контрабанды, каждый из нас в то же время всегда готов помочь другому в небольшом обмане охраны космопорта. Но человек не входящий в наш круг вряд ли сможет получить от нас помощь.

Я пытался собраться с мыслями:

— Дэк, объясните, наконец, это какая-то контрабандная операция?

— О нет! Если, конечно, не считать того, что мы вывозим контрабандой вас.

— Я только хотел сказать, что, с моей точки зрения, контрабанда не является преступлением.

— В общем-то так думают практически все. Естественно, не считая тех, кто наживается на ограничении торговли. Нет, Лоренцо, ваша работа не имеет отношения к контрабанде, и вы как раз тот, кто нам нужен. Ведь я не случайно наткнулся на вас в том баре, а выслеживал в течение двух дней. Как только я ступил на Землю, я сразу пошел туда, где вы обычно бываете. — Он нахмурился. — Хотел бы я быть уверен, что наш Рингриил преследовал меня, а не вас.

— Почему?

— Если они следили за мной, то, видимо, пытались выяснить, что я собираюсь предпринять. Но если за вами, то, выходит, они знали, что мне нужен актер.

— Но откуда они могли узнать это? Если только вы сами им не рассказали...

— Лоренцо, это очень серьезное дело, гораздо серьезнее, чем вы можете вообразить. Я даже сам до конца не представляю его размеров. И чем меньше вы до поры до времени знаете о нем, тем лучше для вас. Но я могу сказать вам вот что: в большой компьютер Бюро Переписи были заложены основные характеристики того, кого нам нужно изобразить, и машина сравнила их с параметрами всех ныне живущих актеров. Условия выбора кандидата были весьма строгими: лицо, роль которого нужно сыграть, и тот, кто будет играть роль, должны быть похожи почти во всем — воплощение должно быть *идеальным.*

— Ага. И машина поведала вам, что я как раз тот человек.

— Да. Вы и еще один актер.

Мне снова представилась хорошая возможность придержать язык за зубами. Но я просто не мог сдержаться, как будто от этого зависела вся моя жизнь; в некотором смысле так оно и было. Мне просто необходимо было узнать, кто же тот второй актер, якобы способный сыграть роль, для исполнения которой требовался весь мой гений.

— А тот, второй? Кто он?

Дэк искоса взглянул на меня; я видел, что он колеблется.

— М-м-м... один парень по имени Орсон Троубридж. Вы знаете его?

— Эту деревенщину?! — Я пришел в такую ярость, что даже забыл о тошноте.

54

— А я слышал, что он очень талантливый актер.

Я просто не мог удержаться от негодования при мысли, что кто-то мог хотя бы подумать о том, будто Троубридж способен сыграть роль не хуже меня.

— Эта бездарность! Этот пафосный декламатор!

Троубридж был просто умело кривляющейся мартышкой. Если по роли, к примеру, предстояло поцеловать руку даме, то он непременно все портил, целуя по ошибке свой собственный палец. Нарцисс, позер, фальшивый пустозвон — разве может такой человек жить ролью? И скажите на милость, по какой-то нелепой иронии судьбы его дурацкая жестикуляция и напыщенная декламация прекрасно оплачиваются, в то время как настоящие артисты голодают.

— Дэк, я просто не понимаю, как вы могли подумать, что он подходит для этого?

— Да мы в общем-то и не хотели его брать: сейчас он связан каким-то долгосрочным контрактом, и его внезапное исчезновение могло породить лишние слухи. И счастливым случаем для нас оказалось то, что вы были... э-э-э... не связаны обязательствами. Как только вы согласились на наше предложение, я велел Джоку отозвать ребят, которые пытались договориться с Троубриджем.

— Я думаю!

— Но видите ли, Лоренцо, я хочу вам кое-что объяснить. Пока вы тут сражались с собственным желудком, я связался с «Банкротом» и приказал им сообщить на Землю, чтобы там снова взялись за Троубриджа.

— Что?!

— Понимаете, у нас принято так: если человек взялся отвести корабль с грузом на Ганимед, то он или доставит его туда в целости и сохранности, или погибнет, пытаясь сделать это. Он не меняет решения вдруг, не идет на попятную, когда корабль уже загружен. Вы сказали мне, что согласны на мое предложение, причем без всяких «если» или «но» — согласны безоговорочно. Несколькими минутами позже, при первой же опасности, вы даете слабину. Затем пытаетесь убежать от меня в космопорте. Да что там говорить, всего десять минут назад вы чуть ли не со слезами требовали доставить вас обратно на Землю. Может быть, вы действительно способны сыграть лучше, чем Троубридж, не могу судить. Зато я отлично знаю, что нам нужен человек, который не пугается собственной тени. И мне почему-то кажется, что Троубридж как раз такой человек. Поэтому, если нам удастся договориться с ним, мы просто заплатим вам и отправим обратно. Понимаете?

Я понял это даже слишком хорошо. Хотя Дэк не сказал этого напрямую, но из его слов следовало, что я никуда не гожусь ни как актер, ни как человек. И самое неприятное состояло в том, что он был прав, хотя это и была весьма неприятная для меня правда. Я не имел права сердиться ни на кого, кроме себя. Конечно, это было грандиозной глупостью с моей стороны — принимать предложение Бродбента, не зная, в чем заключается работа. Однако, как бы то ни было, я согласился играть для них, причем не оговаривая никаких условий. А теперь я пытался пойти на попятную, как неопытный актер, вдруг почувствовавший страх перед сценой.

«Спектакль должен продолжаться» — древнейшая заповедь шоу-бизнеса. Мой отец свято соблюдал эту заповедь. Я собственными глазами видел, как он сыграл два акта после того, как у него прорвался аппендикс, потом еще несколько раз выходил кланяться на сцену и только после этого позволил увезти себя в больницу. И теперь у меня перед глазами встало его презрительно усмехающееся лицо настоящего актера, взирающее сверху вниз на меня — предателя, готового сорвать спектакль.

— Дэк, — неуклюже сказал я. — Простите меня. Я был не прав.

Он пристально взглянул на меня:

— Так вы будете играть?

— Да. — Я сказал это совершенно искренне, но внезапно вспомнил об одной вещи, которая могла сделать мое выступление таким же невозможным, как невозможна для меня была, например, роль Сноу Уайта в «Семи карликах». — Видите ли, играть-то я хочу, но есть одна загвоздка...

— Какая? — спросил он насмешливо. — Ваш невыносимый характер?

— Нет, нет! Но вот вы тут упомянули, что мы летим на Марс. Скажите, Дэк, ведь мне, наверное, придется играть в окружении марсиан?

— Конечно. А чего же вы хотели? Ведь это Марс.

— Э... дело в том, Дэк, что я органически не переношу марсиан! Их присутствие бесит меня, выводит из себя. Я, конечно, попытаюсь справиться с этим, но может случиться так, что я выйду из образа.

— Вот оно что! Если вас беспокоит только это, то можете даже не думать о таких пустяках.

— Но я не могу не думать об этом. Это выше моих сил...

— Я же сказал: забудьте! Старина, мы прекрасно знаем ваши дикие взгляды: мы знаем о вас буквально все, Лоренцо. Ваша боязнь марсиан так же нелепа и неразумна, как детский страх перед пауками и змеями. Но мы предвидели это и позаботились обо всем. Так что можете не думать о таких пустяках.

— Ну что ж, тогда все в порядке. — Он не очень-то убедил меня, но зато уколол словом «дикие». В самом деле, уж чьи-чьи, а мои взгляды назвать дикими было очень трудно. Поэтому я промолчал.

Дэк произнес в микрофон, даже не пытаясь понизить голос:

— Одуванчик вызывает Перекати-поле: план «Клякса» отменяется. Продолжаем выполнение плана «Марди Гра».

— Дэк? — позвал я его.

— Потом, — отмахнулся он. — Пора переходить к сближению. Стыковка может получиться не очень аккуратной, но времени на ювелирную работу у нас нет. Поэтому помолчите и не отвлекайте меня.

Стыковка действительно получилась *неаккуратной*. К тому времени как мы оказались на межпланетном корабле, я уже рад был снова очутиться в невесомости: внезапный острый приступ тошноты куда хуже постоянного подташнивания при космической болезни. Но в невесомости нам пришлось пробыть не более пяти минут: те трое, которые должны были сменить нас на

58

борту «Пострела», уже стояли наготове у входного люка, когда Дэк и я проникли в шлюз «Банкрота». Видимо, я действительно стопроцентный наземник, потому что в невесомости легко теряюсь, не в состоянии отличить пол от потолка.

Кто-то спросил:

— А где же он?

— Здесь! — ответил Дэк.

— Этот, что ли? — Человек как будто не верил своим глазам.

— Да, да, — ответил Дэк. — Просто он загримирован. Так что все в порядке. Помогите мне втащить его в давилку.

Кто-то ухватил меня за руку и, протащив по узкому коридору, втолкнул в какое-то помещение. У одной из стен были расположены два противоперегрузочных устройства, или «давилки», похожие на ванны: гидравлические камеры, распределяющие давление равномерно и используемые на кораблях с высоким ускорением. Я никогда раньше их не видел, но в одном фантастическом спектакле «Рейд на Землю» мы использовали в качестве декораций нечто похожее.

Над камерами на стене была сделана по трафарету надпись: «ВНИМАНИЕ! Ускорение свыше трех g без противоперегрузочного костюма воспрещается. Согласно приказу...» Я продолжал вращаться, и на этом слове надпись исчезла из моего поля зрения. Дэк и кто-то еще, впихнув меня в давилку, начали торопливо пристегивать ремни, когда вдруг раздался вой сирены. После этого из динамика послышался голос, повторяющий: «Красное предупреждение! Двойное ускорение! Три минуты! Красное предупреждение!

Двойное ускорение! Три минуты!» Затем снова завыла сирена.

Краем уха я уловил, как Дэк спросил кого-то:

— Проектор установлен? Ленты готовы?

— Конечно, конечно!

— Где шприц? — Дэк повернулся ко мне: — Дружище, мы собираемся сделать вам укол. Ничего страшного, частично инъекция состоит из пульграва, остальное — стимулятор, потому что вам придется бодрствовать и изучать роль. Может быть, сначала вы почувствуете легкое жжение в глазах и небольшой зуд, но вреда вам это не принесет.

— Подождите, Дэк! Я...

— Нет времени!

Он резко оттолкнулся ногами и исчез за дверью раньше, чем я успел возразить. Его напарник закатал мой левый рукав и, приложив к сгибу локтя инъекционный пистолет, всадил мне дозу. Затем он тоже исчез. Снова послышалось: «Красное предупреждение! Двойное ускорение! Две минуты!»

Я сделал попытку оглядеться, но лекарство сделало меня еще более неуклюжим. Мои глаза действительно стало нестерпимо жечь, к тому же начала жутко чесаться спина, но ремни мешали мне дотянуться и почесать ее. Может быть, это и спасло меня от перелома руки в начале ускорения. Сирена смолкла, и на сей раз из динамика послышался уверенный баритон Дэка:

— Последнее красное предупреждение! Двойное ускорение! Одна минута! Бросайте карты и устраивайте поудобнее свои жирные задницы!

На этот раз вместо сирены послышались звуки симфонии Аркезяна «К звездам», опус 61, симажор. Это была альтернативная версия Лондонского Симфонического, в которой резкие аккорды 14-го цикла были заглушены звуками тимпанов. В том состоянии, в каком я пребывал тогда, измученный, растерянный, под воздействием лекарств, эта музыка воспринималась как нечто постороннее, чужеродное.

В дверь вплыла русалка. Чешуйчатого хвоста у нее не было, но похожа она была почему-то на русалку. Когда мое зрение пришло в норму, я сообразил, что это девушка, весьма привлекательная на вид, с прекрасно развитой грудью, одетая в футболку и шорты. То, как мастерски, головой вперед, она вплыла в день, неопровержимо доказывало, что невесомость не была для нее в новинку. Она взглянула на меня, устроилась в соседней давилке и положила руки на подлокотники, даже не удосужившись пристегнуться ремнями.

Музыка приближалась к раскатистому финалу, когда я почувствовал тяжесть во всем теле. В двойном ускорении в общем-то нет ничего страшного, тем более если вы плаваете в амортизационной жидкости. Пленка, прикрывавшая давилку сверху, постепенно натягивалась, удерживая мое тело в одном и том же положении. Я ощущал лишь тяжесть и небольшую затрудненность дыхания. Вы, конечно, слышали эти истории про пилотов, которые при десятикратном ускорении ухитрялись управлять кораблем; я ничуть не сомневаюсь, что пилоты способны еще и не на такие подвиги, но даже двойное ускорение в давилке делает человека вялым и неспособным двигаться.

Только через некоторое время я понял, что голос из динамика с потолка обращается ко мне:

— Лоренцо! Как вы себя чувствуете, приятель?

— Все в порядке. — Эти три слова потребовали от меня таких усилий, что пришлось жадно хватать ртом воздух. Собравшись с силами, я спросил: — Сколько же это протянется?

— Около двух дней.

Видимо, я застонал, потому что Дэк рассмеялся:

— Держитесь, приятель. Когда я в первый раз летел на Марс, полет занял тридцать семь недель, причем все это время мы находились в невесомости на эллиптической орбите. У нас сейчас просто увеселительная прогулка — всего пара дней при двойном ускорении да еще некоторое время при одном во время торможения. С вас деньги надо брать за такой комфорт!

Я начал было излагать ему, что я думаю по поводу его сомнительного чувства юмора, но вовремя вспомнил, что рядом со мной находится девушка. Папаша говаривал, что женщина может простить многое, вплоть до оскорбления действием, но только не смертельную обиду словом. Прекрасная половина рода человеческого в этом отношении очень чувствительна. Это довольно странно, если принять во внимание их крайнюю практичность в остальных вопросах. Во всяком случае, с тех пор, как тыльная сторона ладони моего отца в похожей ситуации однажды разбила мне в кровь губы, с них никогда не срывалось грубое слово, если был риск, что оно может коснуться ушей женщины.

Дэк заговорил вновь:

— Пенни! Ты здесь, моя милая?

— Да, капитан, — ответила девушка, лежавшая рядом со мной.

— Отлично. Тогда можешь заняться с ним домашним заданием. Я присоединюсь к вам, как только закончу все дела в рубке.

— Хорошо, капитан. — Она повернула ко мне голову и сказала мягким хрипловатым контральто: — Доктор Кэйпек хотел, чтобы вы расслабились и некоторое время посмотрели пленки. А я буду отвечать на возникающие вопросы.

Я вздохнул:

— Слава тебе господи. Наконец-то хоть один человек готов отвечать на мои вопросы!

С некоторым усилием подняв руку, она тронула какой-то переключатель. Свет в помещении погас, и перед моими глазами возникло озвученное стереоизображение. Я сразу узнал того, кто был в центре: его узнал бы любой из миллиардов подданных Империи. Только тут я наконец понял, как грубо и жестоко Дэк Бродбент подставил меня.

Это был Бонфорт.

Тот самый Бонфорт, достопочтенный Джон Джозеф Бонфорт, бывший Верховный Министр, глава лояльной оппозиции и Партии Экспансионистов, наиболее любимый и наиболее ненавидимый человек во всей Солнечной системе.

Мой ошеломленный разум мгновенно пришел к единственному логическому выводу. Бонфорт пережил три попытки покушения — по крайней мере, два раза из трех он спасался чудом. А если предположить, что никакого чуда не было? Может быть, все покушения были успешными, просто старый добрый дядюшка Джо Бонфорт каждый раз оказывался совсем в другом месте?

Глава 3

Я никогда не лез в политику. Отец всегда предупреждал меня: «Держись от этого подальше, Ларри. Популярность, которая приобретается таким путем, — плохая популярность». Я никогда не участвовал в выборах — даже после того, как была принята поправка девяносто восьмого года, дававшая возможность голосовать людям кочевых профессий, к которым, естественно, относится и моя.

К тому же если даже у меня и были бы какие-то политические симпатии, то уж никак не к Бонфорту. Я считал его опасным человеком и предателем человеческой расы. Поэтому мысль о том, что меня должны убить вместо него, была особенно отвратительна.

Но зато *какая роль*!

Как-то раз мне довелось играть главную роль в «Д'Эгло», и еще дважды я исполнял роль Цезаря в довольно сильных пьесах. Но сыграть такую роль в жизни!.. Я не был удивлен, что кто-то из моих коллег не смог устоять перед искушением в трех предыдущих случаях. Все они были настоящими артистами, хотя именно их безвестность более всего способствовала успеху перевоплощения. Я попытался припомнить, когда состоялись покушения на жизнь Бонфорта и кто из моих коллег, способных сыграть такую роль, умер или пропал без вести в это же время. Но это было бесполезно. Я не помнил всех перипетий современной политики, что же касается актеров, они довольно часто выпадают из активной жизни: в нашей профессии даже лучших подстерегает множество случайностей.

Внезапно я поймал себя на том, что внимательно слежу за движущимся изображением Бонфорта.

Я понял, что смогу сыграть его. Дьявол, да я смог бы сыграть его, даже если бы одна нога у меня была в ведре, а за спиной горела сцена. Начнем с того, что не предвиделось никаких трудностей с телосложением: мы с Бонфортом могли без проблем обменяться одеждой. Впрочем, наивные конспираторы, которые обманом завлекли меня сюда, сильно преувеличили важность физического сходства, потому что оно ровным счетом ничего не значит, если не подкреплено искусством, и совершенно ни к чему, если актер достаточно талантлив. Я, конечно, готов допустить, что в некотором роде такое сходство даже полезно, однако им просто повезло, что их глупая игра с машиной совершенно случайно привела к выбору подлинного артиста.

Его профиль был очень похож на мой, даже руки его были так же длинны, узки и аристократичны, как мои, — а ведь руки гораздо выразительнее лица.

Понаблюдав за ним несколько минут, я уже знал, что могу встать со своего ложа (при нормальном тяготении, естественно) и в точности скопировать его походку, не прилагая особых усилий. А изобразить то, как он бессознательно потирает кадык или поглаживает подбородок, начиная говорить, вообще не представляло труда: такие вещи впитывались в мое подсознание, как вода в песок.

Он был примерно лет на пятнадцать или двадцать старше меня, но играть роль человека более пожилого, чем ты, гораздо легче, чем более молодого. В любом случае возраст для актера является вопросом второстепенным: он не имеет ничего общего с естественным процессом старения.

Я мог бы сыграть его на сцене или прочитать вместо него речь уже минут через двадцать после просмотра видеоматериалов. Но, как я понял из намеков Дэка, этого было недостаточно. Возможно, мне придется иметь дело с людьми, которые хорошо его знают, да еще в интимной обстановке. Это уже значительно сложнее. Кладет ли он сахар в кофе? А если кладет, то сколько? В какой руке держит сигарету и каким образом? На последний вопрос я почти сразу получил ответ и поместил его глубоко в подсознание. Мой прообраз прикурил сигарету так, что стало ясно: он привык пользоваться спичками и старомодными дешевыми сигаретами задолго до того, как стал одним из движителей так называемого прогресса.

Хуже всего то, что человек не является просто суммой каких-то качеств, черт и привычек; для каждого, кто знаком с ним, все они представляются в разном свете. А это означает, что для полного успеха имперсонизация должна быть разной для разных людей, для каждого из знакомых человека, роль которого мне придется играть. Это не просто трудно, это практически невозможно. Именно мелочи и могут подвести. Какие взаимоотношения были у прообраза с неким Джоном Джонсом? С сотней, тысячей других джонов джонсов? Откуда это знать двойнику?

Обычно игра на сцене, как и любое искусство, является отвлеченным процессом, обнажением только одной характерной черты. Но в имперсонизации *любая* деталь может оказаться значительной. И рано или поздно найдется человек, который тебя раскусит.

Потом я обреченно вспомнил, что мое представление, возможно, должно быть убедительным ровно столько времени, сколько потребуется снайперу, чтобы прицелиться в меня.

Но я все же продолжал изучать человека, место которого мне предстояло занять, — да и что мне оставалось делать? Потом дверь открылась, и я услышал, как Дэк в своей обычной манере еще с порога орет:

— Кто-нибудь есть дома?

Зажегся свет, изображение побледнело, и у меня возникло ощущение, будто я пробудился от сна. Я повернул голову: девушка, которую звали Пенни, пыталась приподнять голову со своего гидравлического ложа, а Дэк стоял в дверном проеме.

Я взглянул на него и удивленно спросил:

— Как вы ухитряетесь стоять?

Какая-то часть моего сознания, работая совершенно независимо от меня, отмечала то, как он стоит, и укладывала это в папку с надписью: «Как человек стоит при двойном ускорении».

Он улыбнулся:

— На мне специальный корсет. Вы тоже можете встать, если хотите. Обычно мы не рекомендуем пассажирам покидать противоперегрузочные камеры, если ускорение больше полутора: слишком велика вероятность, что какой-нибудь олух упадет и сломает ногу. Правда, однажды я видел действительно крепкого человека, телосложением напоминавшего штан-

гиста, который выбрался из давилки при пяти-
кратном ускорении и начал разгуливать по проходу. Конечно, после этого он был уже больше
ни на что не годен. А двойное ускорение — это
почти ничего, вроде как несешь кого-то на за-
корках. — Он взглянул на девушку: — Ну как,
Пенни, просвещаешь его потихоньку?

— Пока он ничего не спрашивал.

— Вот как? Лоренцо, мне почему-то показалось сначала, что вы из тех людей, которые хотят все знать.

Я попытался пожать плечами:

— Теперь мне кажется, что все знать вовсе не
обязательно, особенно если остается слишком
мало времени, чтобы насладиться этим знанием.

— Отчего скис, старина?

— Капитан Бродбент, — твердо сказал я. —
В выражении чувств меня сковывает присутствие
леди. Только из-за этого я не имею возможности
достойно охарактеризовать ваших предков, ваши
привычки, мораль и дальнейшую судьбу. Полагаю, мне известно, в какую авантюру вы обманом
вовлекли меня. Я понял это, как только узнал,
кого мне предстоит сыграть. Я хотел бы задать
вам только один вопрос: кто собирается убить
Бонфорта? Ведь даже глиняный голубь имеет
право знать, кто в него стреляет.

Тут я впервые увидел по-настоящему изум-
ленного Дэка. Потом он так расхохотался, что
ускорение оказалось непосильным и для него —
он сполз по стене вниз и продолжал хохотать
сидя на полу.

— Не вижу в этом ничего смешного, — сер-
дито заявил я.

Он перестал смеяться и вытер слезы.

— Лорри, старина, неужели вы всерьез подумали, что я собираюсь использовать вас в качестве подсадной утки?

— Это очевидно! — И я поведал ему свои соображения насчет предыдущих покушений.

У него хватило здравого смысла рассмеяться вновь.

— Понимаю. Значит, вы решили, будто это что-то вроде работы дегустатора при дворе какого-нибудь средневекового короля. Ну что ж, попытаемся разубедить вас в этом: мне кажется, постоянная мысль о том, что вас вот-вот сожрут, не способствует вхождению в образ. Так вот, я с шефом уже шесть лет. И за все это время, я знаю точно, он ни разу не воспользовался двойником... Зато я лично присутствовал при двух попытках покушения на его жизнь — один раз я сам застрелил наемного убийцу. Пенни, ты дольше знакома с шефом. Использовал ли он когда-либо раньше двойника?

Она холодно посмотрела на меня:

— Никогда. Даже мысль о том, чтобы шеф подставил кого-нибудь вместо себя... это... я просто обязана дать вам пощечину. Да, это было бы самым правильным!

— Тише, тише, Пенни, — мягко сказал Бродбент. — Вам обоим еще предстоит много дел, к тому же работать вам придется вместе. Кроме того, его ошибочное предположение не так уж глупо, по крайней мере для постороннего человека, — во всяком случае, оно безукоризненно логично. Кстати, Лоренцо, позвольте представить вам Пенелопу Рассел. Она личный секретарь шефа и, таким образом, ваш наставник номер один.

— Счастлив познакомиться с вами, мисс.

— К сожалению, не могу ответить тем же.

— Перестань, Пенни, или мне придется отшлепать тебя — при двойном ускорении, не забывай. Лоренцо, я должен признать, что работа двойника Бонфорта не так безопасна, как прогулка в инвалидном кресле. Да, черт возьми, мы оба знаем, что было предпринято несколько попыток закрыть его страховой полис. Но на сей раз опасаться приходится не этого. Дело в том, что в настоящее время по причинам политического свойства, которые станут вам понятны через некоторое время, ребята, играющие против нас, не осмелятся убить шефа — или вас, когда вы окажетесь в роли его двойника. Играют они действительно грубо — *сами знаете!* — и при малейшей возможности укокошили бы меня и даже Пенни. Если бы они смогли достать вас сейчас, то тоже убили бы. Но стоит вам появиться на людях в роли шефа, как вы окажетесь в полной безопасности: обстоятельства таковы, что они не посмеют пальцем вас тронуть. — Он пристально посмотрел на меня: — Ну?

Я покачал головой:

— Не понимаю.

— Пока еще нет, но со временем поймете. Поверьте мне на слово. Когда мы прибудем на место, вы узнаете все.

И все же душа у меня была не на месте. До сих пор Дэк не обманывал меня в открытую, по крайней мере, поймать его на этом мне до сих пор не удалось. Но я знал по собственному печальному опыту, что он прекрасно умеет недоговаривать, попросту скрывая часть того, что знает. Я сказал:

— Судите сами, у меня нет никаких оснований верить вам или этой юной леди. Прошу прощения, мисс. Но, хотя лично я и не симпатизирую мистеру Бонфорту, у него репутация человека болезненно, даже оскорбительно честного. Смогу я побеседовать с ним самим, когда мы доберемся до Марса?

Угловатое, располагающее к себе лицо Дэка вдруг стало печальным.

— Боюсь, что нет. Разве Пенни не сказала вам?

— Не сказала чего?

— Понимаете, старина, именно поэтому мы и вынуждены прибегнуть к вашим услугам. Его похитили.

У меня нестерпимо разболелась голова. Может быть, от двойной тяжести, а может, оттого, что за короткое время я пережил столько потрясений.

— Теперь вы знаете, — продолжал Дэк, — почему Джок Дюбуа не хотел говорить вам этого, пока мы не выйдем в космос. Это самая крупная сенсация с тех пор, как человек впервые ступил на Луну. Мы сидим на ней, делая все возможное, чтобы об этом никто не узнал. Мы рассчитываем пользоваться вашими услугами до тех пор, пока не найдем его и не вернем обратно. На самом деле этот корабль называется не «Банкрот». Это «Том Пэйн» — личная яхта шефа и его передвижная канцелярия. А «Банкрот» крутится по орбите вокруг Марса, посылая в эфир позывные «Тома Пэйна», причем знают об этом только двое — его капитан и первый помощник. А тем временем «Томми» сломя голову мчится на Землю, чтобы найти замену шефу. Ну как, начинает доходить, старина?

Я сказал, что пока еще не очень.

— Капитан, если политические противники Бонфорта похитили его, то зачем держать это в секрете? Вам скорее следовало бы объявить об этом на каждом перекрестке.

— На Земле — да. В Новой Батавии — тоже да. И на Венере — да! Но здесь мы имеем дело с Марсом. Вы знаете предание о Ккахграле Младшем?

— Боюсь, что нет.

— Вам следует изучить его, это позволит вам понять, что движет марсианами. Вкратце оно выглядит так: тысячу лет назад этот самый парень Кках должен был явиться в определенное время в одно место, чтобы быть удостоенным высокой чести — чего-то вроде посвящения в рыцари. Не по своей вине — с нашей точки зрения — он не смог явиться вовремя. Поэтому единственно правильным решением по марсианским понятиям было его казнить. Но, учитывая его молодость и прежние заслуги, некоторые радикалы стали выступать за то, чтобы ему дали еще одну возможность. Однако Ккахграл и не подумал согласиться. Он настоял на том, чтобы ему разрешили самому определить свою дальнейшую судьбу, и по своей же собственной просьбе был казнен. И, представьте себе, на Марсе это сделало его воплощением пристойности, святым покровителем.

— Но ведь это безумие!

— Вы так считаете? Мы не марсиане. Они — очень древняя раса, которая выработала целую систему правил и обязательств, способную раз-

72

решить любую конфликтную ситуацию. Одним словом, марсиане — самые великие формалисты. По сравнению с ними древние японцы с их «гири» и «гиму» были отъявленными анархистами. Марсиане не оперируют понятиями «правильно» и «неправильно», вместо этого у них существуют понятия «пристойно» и «непристойно», к тому же еще и приправленные черт знает чем. Я все это вам рассказываю потому, что шефа на днях должны принять в гнездо самого Ккахграла Младшего. Теперь-то вы понимаете?..

Нет, я решительно не понимал. На мой взгляд, этот Ккахграл напоминал одного из самых отвратительных персонажей из кукольного вертепа.

Бродбент между тем продолжал:

— Это достаточно просто. Шеф, возможно, является крупнейшим из ныне живущих специалистов в области марсианских обычаев и психологии. Он посвятил их изучению многие годы. В среду в Лакус-Соли, в полдень по местному времени состоится церемония принятия в гнездо. Если шеф окажется на месте и правильно пройдет положенные церемонии, то все будет отлично. Если же его там не окажется — причем никаких уважительных причин для этого марсиане не могут даже вообразить, — его имя на Марсе смешают с грязью в каждом гнезде от полюса до полюса. И тогда величайший межпланетный и межрасовый политический успех из достигнутых когда-либо обернется крупнейшим поражением. Самое меньшее, что может случиться, — Марс откажется даже от нынешнего ограниченного сотрудничества с Землей. Еще более вероятно, что на Марсе произойдут волнения, в ходе которых погибнут люди — возможно, все люди, находящиеся сейчас на Марсе. Тогда верх возьмут экстремисты из Партии Человечества, которые будут проводить свою политику. Марс будет присоединен к Империи силой, но только после того, как будет убит последний марсианин. И все из-за того, что Бонфорт не смог явиться на церемонию принятия в гнездо...

Дэк вышел так же внезапно, как появился, и Пенелопа Рассел снова включила стереопроектор. Я с опозданием сообразил, что мне следовало спросить его, почему враги не могут просто убить меня, если все, что им требовалось, — не дать Бонфорту попасть на какую-то церемонию. Но спросить я не успел. Возможно, я просто подсознательно боялся ответа.

Некоторое время спустя я уже вновь изучал Бонфорта, внимательно следил за его движениями и жестами, пытаясь почувствовать его мысли, запоминая его интонации, все глубже и глубже погружаясь в отрешенную, теплую бездну артистического творчества. Я уже почти нащупал его психологический портрет.

Вывели меня из полузабытья кадры, где Бонфорта окружили марсиане и начали касаться его своими псевдоконечностями. Я так глубоко вжился в происходящее на экране, что почувствовал их омерзительные прикосновения и невыносимый запах. Издав сдавленный возглас, я замахал руками:

— Уберите это!

Зажегся свет, и изображение исчезло. Пенелопа недоуменно смотрела на меня.

— В чем дело?

Я попытался унять дрожь:

— Мисс Рассел, извините меня, но, пожалуйста, не показывайте мне больше *такого*. Я ненавижу марсиан.

Она взглянула на меня так, будто не верила своим глазам.

— А ведь я предупреждала их, — медленно проговорила она, — что этот смехотворный план не сработает.

— Мне очень жаль. Но я ничего не могу с собой поделать.

Она не ответила и молча выбралась из давилки. Хотя она двигалась не с той легкостью, с какой передвигался при двойном ускорении Дэк, но все же достаточно уверенно. Так ничего и не сказав, она вышла и закрыла за собой дверь.

Обратно она не вернулась. Вместо нее появился человек, который перемещался, опираясь на устройство, напоминающее огромную детскую подставку на колесиках, с помощью которых детей учат ходить.

— Ну, как мы себя чувствуем, молодой человек? — пророкотал он.

На вид ему можно было дать лет шестьдесят, он был несколько полноват. Почувствовав в его вопросе профессиональное участие, я уже мог не заглядывать в диплом, чтобы определить повадку врача у постели больного.

— Здравствуйте, сэр. Как поживаете?

— Спасибо, ничего. Конечно, чем меньше ускорение, тем лучше, — ответил он, окинув взглядом сложное сооружение, в котором находился. — Как вам нравится мой корсет на колесиках? Он не очень красив, зато снимает с моего бедного больного сердца часть нагрузки. Да, кстати, чтобы мы могли обращаться друг к другу по имени — меня зовут доктор Кэйпек, личный врач мистера Бонфорта. Кто вы такой, мне известно. Итак, что у вас там насчет марсиан?

Я попытался объяснить ему доступно и без лишних эмоций.

Доктор Кэйпек кивнул:

— Капитану Бродбенту следовало предупредить меня. Тогда я изменил бы последовательность вашего приобщения к программе. Капитан знает очень много, но только в своей области. А в остальном он сначала действует руками, а уж потом головой... Он настолько легкомыслен время от времени, что это пугает меня. Но, к счастью, он совершенно безвреден. Мистер Смайт, я хочу попросить разрешения загипнотизировать вас. Даю слово врача, что это будет сделано единственно с целью избавить вас от неприятных ощущений, связанных с марсианами, и что я больше никоим образом не намерен вмешиваться в ваш внутренний мир. — Он вытащил из кармана старомодные карманные часы, которые почти стали символом его профессии, и измерил мне пульс.

Я сказал:

— Доктор, я даю разрешение, но ничего хорошего из этого не выйдет. Я изучил искусство гипноза, еще когда выступал с чтением мыслей, но мои учителя так и не смогли загипнотизировать меня самого.

— Вот как? В таком случае мы просто попробуем сделать все, что можно. Расслабьтесь, устройтесь поудобнее, и мы поговорим о том, что вас беспокоит. — Часы он продолжал держать в руке, вертя их так и сяк, хотя давно измерил мой пульс. Я хотел попросить его убрать их, так как блеск отраженного ими света слепил мне глаза, но решил, что не стоит делать замечание практически незнакомому человеку.

— Я расслабился, — заверил я его. — Спрашивайте меня о чем угодно. Или можем попробовать свободные ассоциации, если, конечно, хотите.

— Просто постарайтесь сосредоточиться на ощущении, как будто вы плаваете в жидкости, — мягко сказал он. — Двойное ускорение заставляет вас чувствовать тяжесть во всем теле, не так ли? Я обычно стараюсь перенести его во сне. При такой нагрузке кровь отливает от мозга, очень хочется спать. Скоро двигатели включат снова. Нам всем лучше заснуть... Нам будет тяжело... Нам нужно будет поспать...

Я хотел было сказать ему, чтобы он убрал часы, иначе при возросшей перегрузке они вырвутся у него из руки и разобьются. Но вместо этого я заснул.

Когда я проснулся, соседняя противоперегрузочная камера была занята доктором Кэйпеком.

— С добрым утром, юноша! — приветствовал он меня. — Я несколько устал от утомительной процедуры знакомства с состоянием вашего здоровья и решил прилечь здесь, чтобы немного перераспределить нагрузку.

— А мы что, снова на двойном ускорении?

— Точно! На двойном.

— Прошу прощения, я отключился. Сколько времени я спал?

— О, совсем недолго. Как вы себя чувствуете?

— Прекрасно. Замечательно отдохнул, в самом деле.

— Это часто дает подобный эффект. Я имею в виду сильное ускорение. Может, хотите продолжить просмотр лент?

— Конечно, как скажете, доктор.

— Отлично. — Он протянул руку, и комната погрузилась во мрак.

И вдруг меня пронзила уверенность, что он снова собирается показывать мне марсиан. Я приказал себе не впадать в панику. Мне следует помнить, что на самом деле их здесь нет. Это всего-навсего изображение, отснятое на пленку. В тот, первый, раз я просто растерялся от неожиданности.

И действительно, у меня перед глазами появились обычные изображения марсиан, как с мистером Бонфортом, так и без него. Я обнаружил, что способен разглядывать их совершенно безразлично, не испытывая при этом ни страха, ни отвращения.

И вдруг я понял, что смотреть на них доставляет мне удовольствие!

Я издал сдавленный вопль, и Кэйпек тут же выключил проектор.

— Что-нибудь случилось?

— Доктор, вы загипнотизировали меня!

— Вы сами разрешили мне сделать это.

— Но меня невозможно загипнотизировать!

— Весьма сожалею.

— Выходит... выходит, вам это удалось, — сказал я с удивлением. — Может быть, попробуем еще раз кадры с марсианами? Я никак не могу поверить в то, что вы со мной сделали.

Он снова вернул те злополучные кадры, и я опять смотрел и удивлялся. Марсиане, если глядеть на них без всяких предрассудков, вовсе не омерзительны, более того, чем-то они даже симпатичны. Их необычная грация сродни изяществу китайских пагод. Они, конечно, внешне ничем не походят на человека, но ведь на людей не похожи и райские птички — самые прелестные из живых существ.

Я также начал осознавать, что псевдоконечности могут быть очень выразительными: их неловкие движения чем-то сродни неуклюжему дружелюбию щенков. Теперь я понял, что всю жизнь смотрел на марсиан через искажающую призму ненависти и страха.

Конечно, думал я, мне еще придется привыкнуть к их вони, но... Внезапно я понял, что обожаю их запах и он мне абсолютно неотвратителен. Он даже нравится мне!

— Доктор! — позвал я. — Этот ваш проектор, наверное, имеет приставку запахов?

— А? Нет, думаю, нет. Она слишком много весит, чтобы можно было разместить ее на яхте.

— Но я явственно ощущаю их запах.

— Так и должно быть. — На его лице отразилось легкое смущение. — Молодой человек, я сделал одну вещь, которая, надеюсь, не причинит вам никаких неудобств.

— Простите?..

— Роясь в вашем сознании, я обнаружил, что ваше отрицательное отношение к марсианам во многом связано с запахом их тела. У меня не было времени всерьез заняться этим, поэтому пришлось придумывать что-то на скорую руку. Я попросил Пенни одолжить мне немного своих духов, и теперь, боюсь, марсиане будут пахнуть для вас как парижский парфюмерный магазин.

Будь у меня время, я бы, конечно, использовал какой-нибудь простой, но приятный запах, например свежей земляники или пирога с вареньем. Но пришлось импровизировать.

— Мне нравится этот запах.

— А он и не может вам не нравиться.

— Вы, должно быть, извели целый флакон. Воздух насквозь пропитан этим запахом.

— Вовсе нет. Полчаса назад я немного поводил у вас под носом пробкой от флакона, а потом вернул флакон Пенни, и она унесла его. — Он потянул носом воздух. — Запаха совершенно не чувствуется. Кстати, духи называются «Вожделение джунглей». На мой взгляд, в них многовато мускуса. Я обвинил Пенни в том, что она собирается свести с ума весь экипаж, но она только посмеялась надо мной. — Он потянулся и выключил стереопроектор. — На сегодня достаточно. Хочу предложить вам нечто более полезное.

Как только исчезло изображение, запах ослаб, а затем совсем пропал, как это бывает при выключении приставки запахов. Я был вынужден признаться себе, что запах существует только у меня в голове. Но мне с трудом верилось в это.

Когда через несколько минут вернулась Пенни, она благоухала совсем как марсианин.

Кажется, я начинал влюбляться в этот запах.

Глава 4

Мое образование продолжалось в гостиной мистера Бонфорта. Я не спал, если не считать сна под гипнозом, и, казалось, совершенно не нуждался в отдыхе. Со мной постоянно были доктор Кэйпек или Пенни, которые очень помогали мне. К счастью, Бонфорт, как и всякий крупный политический деятель, был множество раз сфотографирован и отснят на кинопленку; кроме того, неоценимую помощь в изучении образа оказали мне его друзья.

Не знаю, в какой момент я почувствовал симпатию к Бонфорту. Кэйпек уверял меня — и я верю ему, — что он не внушал мне этого под гипнозом. Но у меня есть все основания предполагать, что эта симпатия — неизбежная спутница роли. Я даже склонен думать, что, если бы мне пришлось осваивать роль Джека Потрошителя, он бы начал нравиться мне. Посудите сами: чтобы вжиться в роль, человек на время должен превратиться в своего персонажа. А выбор в этом случае только один — либо он нравится сам себе, либо кончает жизнь самоубийством, третьего не дано.

Во время торможения мы получили обещанный отдых при одном g, о котором говорил Дэк. Вместо того чтобы включить тормозные двигатели, чего, мне кажется, космонавты очень не любят делать, корабль описал, по выражению Дэка, стовосьмиградусную кривую. Этот эффект имел название сходное с Кориоланом; кажется, кориолисовый.

Как мне любезно объяснили, космические корабли, которые взлетают с поверхности планеты, называют «чайниками» из-за реактивной струи воды или водорода, с помощью которой они движутся. Они не считаются настоящими кораблями с атомными двигателями, хотя и в них нагрев производится с помощью атомного реактора. Межпланетные же корабли, такие, например, как «Том Пэйн», являются настоящими, ибо приводятся в движение с помощью Е, равного МС в квадрате, или М, равного ЕС в квадрате? Ну, в общем, сами знаете, что там изобрел Эйнштейн.

Дэк втолковывал мне все это с большим воодушевлением. Думаю, для тех, кто интересуется такими вещами, это было бы весьма любопытно. Но лично мне совершенно непонятно, зачем настоящему джентльмену знать такие вещи. Мне вообще кажется, что каждый раз, как эти ученые ребята придумывают что-то новое, жизнь сразу становится гораздо сложнее. И чего такого плохого было в старом устройстве мира?..

На те два часа, которые мы находились при обычном ускорении, меня отвели в каюту Бонфорта. Я переоделся в его одежду, загримировался, и все вокруг старались звать меня «мистер Бонфорт», или «шеф», или — например, доктор Кэйпек — просто Джозеф, чтобы помочь мне вжиться в образ.

Все, кроме Пенни... Она не смогла звать меня мистером Бонфортом. Она изо всех сил боролась с собой, но ничего не могла поделать. Было ясно как божий день, что она страстно и безнадежно любит своего босса. Поэтому я вызывал у нее нерациональное, но весьма естественное в данной ситуации ожесточение. Это было тяжело для нас обоих, так как я находил ее весьма привлекательной. Ни один мужчина не смог бы спокойно работать, когда рядом с ним постоянно находится женщина, глубоко его презирающая. Я же со своей стороны не чувствовал по отношению к ней никакой антипатии: мне было жаль ее, даже несмотря на то, что все это меня здорово раздражало.

Теперь мы добрались до стадии генеральной репетиции, так как на борту «Тома Пэйна» никто не знал, что я не Бонфорт. Не могу сказать точно, кто догадывался о подмене, а кто нет. Я совершенно уверен, что главный делопроизводитель Бонфорта, мистер Вашингтон, почувствовал обман, но он ни разу не дал этого понять. Это был худощавый мулат с всегда плотно сжатыми губами. Было еще двое сотрудников Бонфорта, которые все знали. Но они находились на «Банкроте» и прикрывали нас, посылая сообщения для прессы и текущие указания. Это были Билл Корпсмен, пресс-секретарь Бонфорта, и некий Роджер Клифтон. Даже не знаю, как определить то, чем занимался Клифтон. Политический заместитель? Одним словом, Бонфорт разрабатывал политику, а Клифтон осуществлял надзор и контроль за ее проведением в жизнь.

По-видимому, остальной персонал Бонфорта и весь экипаж «Тома Пэйна» догадывались, что происходит что-то странное, но не знали, что именно. Множество людей видело, как я поднимался на борт, однако тогда я был в образе Бонни Грея. А к тому времени, как они снова увидели меня, я уже был Бонфортом.

Кто-то предусмотрительно догадался запастись профессиональными гримировальными принадлежностями, но я ими почти не воспользовался. Грим можно заметить на близком расстоянии, даже силикоплоть не совсем похожа на кожу. Я удовольствовался тем, что немного оттенил свое лицо несколькими мазками семиперма. Мне пришлось пожертвовать значительной частью своей шевелюры, после чего доктор Кэйпек умертвил корни волос. Это меня совсем не обеспокоило: актер всегда может воспользоваться париком, а я за эту работу получу столько, что смогу удалиться на покой до конца своих дней, если, конечно, пожелаю.

С другой стороны, иногда я начинал бояться, что конец моих дней не так уж далек. Вы, вероятно, тоже помните эти старинные поговорки о парне, который слишком много знал, и ту, где сказано, что лучше всего хранят тайну покойники. Но, честно говоря, мало-помалу я начал доверять этим людям. Они рассказали мне о Бонфорте очень много, они буквально поклонялись ему. Политическая фигура не может быть одиночкой, постепенно начал осознавать я, а обязательно должна иметь поддержку безукоризненно работающих помощников. И если бы сам Бонфорт не был приличным человеком, ему бы никогда не удалось сплотить вокруг себя столько хороших людей.

Самой большой трудностью для меня оказался марсианский язык. Как и большинство актеров, я в свое время нахватался марсианских и венерианских словечек, чтобы пробормотать перед камерой или на сцене несколько фраз, необходимых по сценарию. Однако этого оказалось совершенно недостаточно. Голосовые связки человека не так гибки, как тимпаны марсиан, к тому же неимоверно затруднена полуфонетическая передача этих звуков латинскими буквами. Например, «к-к-к», или «ж-ж-ж», или «р-р-р» имеют с подлинным звучанием этих сочетаний не больше общего, чем звук «г» в слове «гну» походит на щелчок с придыхапием, с каким банту на самом деле произносят слово «гну». Например, марсианское «ж-ж-ж» больше напоминает веселое приветствие, принятое в Бронксе.

К счастью для меня, у Бонфорта не было особых способностей к языкам, а я ведь профессионал: могу имитировать любой звук, начиная со звука пилы, напоровшейся на гвоздь в бревне, и кончая беспокойным кудахтаньем курицы, которую побеспокоили во время высиживания яиц. Мне нужно было овладеть марсианским в той степени, в какой владел им Бонфорт. Он приложил немало усилий к тому, чтобы компенсировать недостаток способностей, каждое слово и фраза, произнесенные им по-марсиански, были тщательно записаны на пленку, чтобы он мог изучать свои ошибки.

Мне тоже пришлось изучать его ошибки. Проектор перенесли в офис и усадили рядом со мной Пенни, в обязанности которой входило менять бобины и отвечать на вопросы.

Все человеческие языки делятся на четыре группы: инфлективные, как, например, англо-американский, позиционные, как китайский, агглютинативные, как турецкий, и полисинтетические, как эскимосский. К ним понемногу добавились инопланетные языки, диковинные и чуждые, почти непосильные для человека, например совершенно невозможный с человеческой точки зрения венерианский. К счастью, марсианский язык во многом напоминает земные языки. Базисный марсианский позиционен и содержит только самые конкретные идеи — вроде приветствия «Я вижу тебя». Высший марсианский полисинтетичен и чрезвычайно стилизован, обладает особым выражением для каждого нюанса их сложной системы поощрений и наказаний, обязанностей и общественных норм. Все это оказалось слишком тяжко для Бонфорта. Пенни сказала, что он еще мог читать полчища точек, которые марсиане используют в качестве письменности, и довольно бегло, но что касается разговорного высшего, то на нем он мог произнести едва ли несколько сот фраз.

Боже, боже, сколько мне пришлось потрудиться, чтобы овладеть тем немногим, что он знал!

Пенни пребывала в еще большем напряжении, чем я. И она и Дэк немного говорили по-марсиански, но львиная доля нагрузки по обучению пала на ее плечи, так как Дэку приходилось большую часть времени сидеть в рубке за приборами: смерть Джока лишила его надежного помощника. На протяжении последних нескольких миллионов миль, оставшихся до Марса, мы перешли с двойного ускорения на одинарное, и за все это время Дэк вообще ни разу не наведался к нам. Я посвятил это время изучению церемонии принятия в гнездо. Само собой, не без помощи Пенни.

Я как раз закончил изучать речь, в которой благодарил за принятие в гнездо Кках, выразительную и стройную, как монолог Гамлета. Я прочитал ее со всеми ошибками в произношении, характерными для Бонфорта, имитируя его особый тик. Переведя дух, я спросил:

— Ну как?

— Очень хорошо, — серьезно ответила Пенни.

— Спасибо, Завиток. — Это было слово, позаимствованное мной с одной из бобин с уроками языка. Так Бонфорт называл ее, когда был в хорошем настроении, и это прозвище ей вполне подходило.

— *Никогда не смейте называть меня так!*

Я посмотрел на нее с недоумением и, все еще продолжая играть, спросил:

— Но почему же, Пенни, деточка?

— Не смейте называть меня деточкой! Вы, мошенник! Болтун! Актеришка!

Она вскочила и кинулась вон из комнаты, но наткнулась на дверь и остановилась, отвернувшись от меня и уткнувшись лицом в ладони. Плечи ее вздрагивали от рыданий.

Я сделал над собой нечеловеческое усилие и вышел из образа: втянул живот, позволил лицу Бонфорта превратиться в мое собственное, заговорил своим голосом:

— Мисс Рассел!

Она перестала всхлипывать, обернулась. Я мягко сказал, все еще оставаясь самим собой:

— Идите сюда и присядьте.

Мне показалось, что она собирается послать меня к черту, но потом, видимо передумав, медленно вернулась к своему креслу и села, сложив руки на коленях. На лице ее застыло выражение обиженной маленькой девочки.

Какое-то мгновение я молчал, а затем тихо произнес:

— Да, мисс Рассел, я — актер. Разве это повод, чтобы оскорблять меня?

Теперь лицо ее выражало упрямство.

— И я здесь для того, чтобы выполнять работу актера. Вы знаете почему. Вы также знаете, что я был вовлечен в это дело обманом. Я никогда в жизни не согласился бы на такое созпательно. И я ненавижу эту работу гораздо сильнее, чем вы ненавидите меня за то, что мне приходится ее выполнять. Несмотря на все заверения капитана Бродбента, я все еще не уверен, что мне удастся вернуться с непопорченной шкурой, а ведь она у меня одна. Мне также кажется, что я знаю, почему вы с таким трудом меня переносите. Но разве это может служить оправданием того, что вы значительно осложняете мою работу?

Она что-то пробормотала. Я резко сказал:

— Говорите, говорите!

— Это нечестно! *Это непорядочно!*

Я вздохнул:

— Моя работа невозможна без полной поддержки всех членов группы. Поэтому вызовите сюда капитана Бродбента и все ему расскажите. Надо кончать с этой затеей.

Она вздрогнула и, подняв голову, быстро сказала:

— Нет, подождите! Этого ни в коем случае нельзя делать!

— Почему? Разумнее отказаться от этой затеи сейчас, чем затянуть все это и в конце концов с треском провалиться. Я не могу работать в таких условиях, сами понимаете.

— Но... но... мы *должны*! Это необходимо!

— А что за необходимость, мисс Рассел? Какие-нибудь политические причины? Я не интересуюсь политикой и сомневаюсь, что вы сами интересуетесь по-настоящему глубоко. Так зачем же тянуть эту волынку?

— Потому что... потому что... Он... — Она запнулась, не в состоянии продолжать от волнения.

Я встал, приблизился к ней и положил руку ей на плечо.

— Я понимаю. Потому что, если мы не сможем это сделать, все, на что он угробил многие годы своей жизни, пойдет прахом. Потому что он сейчас не способен сделать этого сам, и его друзья пытаются помочь ему. Потому что его друзья верны ему. И тем не менее больно видеть кого-то на месте, которое принадлежит ему по праву. Кроме того, вы почти обезумели от мрачных мыслей и тоски по нему. Не так ли?

— Да. — Ответ был едва различим.

Я осмелился взять ее за подбородок.

— Я знаю, почему вам так трудно видеть меня на его месте. Вы любите его. Но ведь я стараюсь изо всех сил именно для него... К черту, женщина! *Ты хочешь, чтобы его дело рухнуло из-за твоих истерик?!*

Пенни была потрясена. На какое-то мгновение мне показалось, что она собирается дать мне пощечину. Но она растерянно пробормотала:

— Простите, простите меня, пожалуйста. Клянусь, этого больше не повторится. Никогда!

Я отпустил ее подбородок и удовлетворенно сказал:

— Тогда приступим к работе.

Она не пошевелилась.

— Умоляю вас, простите меня.

— Мне нечего прощать, Пенни. Вы ведь поступили так потому, что вами двигала любовь и тревога за него. А теперь давайте вернемся к работе. Я должен досконально выучить речь, а остались считаные часы. — И я снова вошел в роль.

Она взяла бобину и включила проектор. Я еще раз просмотрел, как Бонфорт произносит речь, затем, отключив звук и оставив одно изображение, произнес речь сам, проверяя, как она звучит в моем исполнении и совпадает ли мой голос с его. Пенни наблюдала за мной, то и дело переводя взгляд с моего лица на изображение и обратно. На лице ее застыло изумление. Наконец я решил, что этого достаточно, и выключил проектор.

— Ну как?

— Превосходно!

Я улыбнулся его улыбкой:

— Спасибо, Завиток.

— Не за что... мистер Бонфорт.

А двумя часами позже мы встретились с «Банкротом».

Как только два корабля состыковались, Дэк привел ко мне в каюту Роджера Клифтона и Билла Корпсмена, которых я знал по фотографиям. Я встал и сказал:

— Здравствуй, Родж. Рад тебя видеть, Билл.

Приветствие мое было дружеским, но вполне обыденным. По идее, эти люди расставались с Бонфортом на очень короткое время, маленький прыжок до Земли и обратно, — всего несколько дней разлуки. Я шагнул им навстречу и протянул руку. Клифтон бросил на меня короткий взгляд, затем вынул изо рта сигару, пожал мне руку и тихо ответил:

— Рад видеть вас, шеф.

Он был невысок, лыс и смахивал на юриста средней руки и хорошего игрока в покер.

— Случилось ли что-нибудь за время моего отсутствия?

— Нет. Обычная рутина. Я передал Пенни все материалы.

— Прекрасно. — Я повернулся к Биллу Корпсмену и тоже протянул ему руку.

Он не пожал ее. Вместо этого он присвистнул:

— Чудеса, да и только! Я начинаю верить, что у нас есть шансы. — Он окинул меня взглядом с головы до ног. — Повернитесь-ка, Смайт. А теперь пройдитесь, я хочу посмотреть, как вы ходите.

Судя по всему, на моем лице отразилось раздражение, которое наверняка испытал бы Бонфорт, столкнувшись с подобной наглостью. Дэк тронул Корпсмена за рукав и быстро сказал:

— Перестань, Билл. Ты помнишь, о чем мы с тобой договаривались?

— Чушь собачья! — ответил Корпсмен. — Эта каюта полностью звукоизолирована. Я просто хотел убедиться, что он нам подходит. Кстати, Смайт, как ваш марсианский? Загните-ка что-нибудь по-марсиански.

Я ответил ему одним многосложным словом на высшем марсианском, которое означает приблизительно следующее: «Правила хорошего тона требуют, чтобы один из нас вышел отсюда!» — но вообще-то его смысл куда более глубок, так как это традиционный вызов на поединок, который обычно заканчивается тем, что чье-либо гнездо получает уведомление о смерти.

Не думаю, что Корпсмен уловил эти оттенки, так как он улыбнулся и ответил:

— Надо отдать вам должное, Смайт. У вас здорово получается.

Но Дэк понял все. Он взял Корпсмена за локоть и сказал:

— Билли, я же просил тебя прекратить. Ты находишься на моем корабле, поэтому я приказываю тебе вести себя прилично. Мы начинаем игру прямо с этого момента и ни на секунду не прекращаем ее.

— Будь внимателен к нему, Билл, — добавил Клифтон. — Ведь мы все согласились с тем, что все именно так и будет. Иначе кто-нибудь из нас может оступиться.

Корпсмен взглянул на него, затем пожал плечами:

— Хорошо, хорошо. Я просто хотел проверить... ведь, кроме всего прочего, это была моя идея. — Он криво улыбнулся мне и выдавил: — Здравствуйте, мистер Бонфорт. Очень рад, что вы вернулись.

На слове «мистер» было сделано издевательское ударение, но я ответил:

— И я рад, что вернулся, Билл. Хочешь сообщить мне что-нибудь важное перед посадкой?

— Сразу после церемонии в Годдард-Сити состоится пресс-конференция.

Я видел, что он ожидает моей реакции. Я кивнул:

— Очень хорошо.

— Родж, как это так? — торопливо вмешался Дэк. — Разве это необходимо? Ты дал согласие?

— Шкипер, не лопни от натуги, — попросил Корпсмен. — Я возьму это на себя и скажу ребятам, что во время церемонии шеф схватил острый ларингит. Или можно ограничить конференцию письменными вопросами, поданными заранее, а я напишу ответы, пока будет длиться церемония. Я вижу, он как две капли воды похож на шефа и говорит в точности как он, поэтому, думаю, можно рискнуть. Как вы насчет этого, мистер Бонфорт? Думаете, справитесь?

— Не вижу никаких препятствий для этого, Билл. — Я подумал, что если уж мне удастся провести марсиан, то с толпой земных корреспондентов я могу беседовать хоть целую вечность. Теперь я хорошо усвоил манеру Бонфорта говорить и по крайней мере в основных чертах представлял себе его политические взгляды и пристрастия. К тому же мне можно было не вдаваться в подробности.

Клифтон выглядел обеспокоенным, но не успел он заговорить, как из динамика под потолком раздался голос:

«Капитана просят пройти в рубку. Минус четыре минуты».

Дэк быстро сказал:

— Ну, пока давайте сами. Я должен загнать эти сани в сарай, ведь у меня никого не осталось, кроме молодого Эпштейна.

Он ринулся к двери.

— Эй, шкип! — позвал Корпсмен. — Я еще хотел...

Он выскочил за дверь и помчался вслед за Дэком, даже не удосужившись попрощаться.

Роджер Клифтон закрыл дверь, распахнутую Корпсменом, и поинтересовался:

— Ну что? Рискнем с этой пресс-конференцией?

— Как скажете. Я уверен, что все пройдет как надо.

— М-м-м... В таком случае я склонен рискнуть... разумеется, при условии предварительных письменных вопросов. И я сам сначала проверю ответы, которые даст на них Билл, прежде чем вы зачитаете их корреспондентам.

— Очень хорошо, — согласился я. — Если будет возможность, дайте их мне минут за десять до пресс-конференции. Тогда никаких затруднений вообще не будет. Я очень быстро все запоминаю.

Оп изучающе посмотрел на меня:

— Я не сомневаюсь в этом, шеф. Так и сделаем. Я попрошу Пенни передать вам текст сразу после церемонии. Тогда вы сможете под благовидным предлогом удалиться в мужскую комнату и там изучать его сколько потребуется.

— Отлично. Это меня устраивает.

— Уф-ф, должен сказать, я стал чувствовать себя гораздо увереннее. Что я могу для вас сделать?

— Думаю, пока ничего, Родж. О *нем* что-нибудь слышно?

— И да и нет. Он все еще в пределах Годдард-Сити, мы уверены в этом. С Марса его наверняка не увозили, вряд ли даже смогли вывезти из этого района — мы заблокировали все выходы. Так что, если у них было такое намерение, они не в состоянии ничего сделать.

— Но ведь Годдард-Сити не так уж велик. Кажется, около сотни тысяч жителей? Так в чем же загвоздка?

— Загвоздка в том, что мы не можем признаться, что вы... то есть он пропал... Но как только состоится церемония принятия в гнездо, мы тихонечко уберем вас с глаз долой, а затем объявим о похищении, но так, будто оно только что произошло, и заставим местные власти разобрать город по бревнышку. Правда, все члены городского совета — ставленники Партии Человечества, но им придется сотрудничать с нами — после церемонии, разумеется. И сотрудничество это будет самым что ни на есть искренним, потому что они изо всех сил будут стараться найти его, пока Ккахгралово гнездо не разнесло город в щепки.

— Видимо, мне еще многое предстоит узнать об обычаях марсиан и их психологии.

— Как и всем нам.

— Родж... м-м-м... А вы уверены, что он все еще жив? Разве тем, кто его похитил, не было бы удобнее просто убить его? — Я вспомнил события в номере отеля. К горлу подступила тошнота. Теперь-то я знал, как просто избавиться от тела человеку, не обремененному излишними предрассудками.

— Понимаю, что вы хотите сказать. Но это тоже тесно связано с марсианскими понятиями о пристойности. — Он употребил марсианское слово. — Смерть — единственное извинение невыполненному обязательству. Если бы его убили, он был бы принят в гнездо посмертно, а затем его гнездо, а возможно, и все остальные гнезда Марса начали бы мстить за его смерть. В сущности, их не особенно расстроит, даже если погибнет вся человеческая раса. Но если человека убили за то, что он собрался стать членом гнезда, — это уже совсем другое дело. Реакция марсианина на подобные ситуации настолько однозначна, что даже смахивает на инстинкт. Конечно, это не инстинкт, потому что марсиане — высокоорганизованные существа. Но порой они бывают просто ужасны. — Он нахмурился и добавил: — Иногда я жалею, что покинул Сассекс.

Предупредительный сигнал прервал наш разговор и заставил нас броситься к противоперегрузочным камерам. Дэк все устроил как надо: едва мы перешли в свободный полет, нас встретила челночная ракета из Годдард-Сити, и мы впятером спустились вниз, заняв все имеющиеся места в челноке.

Я пытался получше разглядеть поверхность Марса во время спуска, так как видел ее всего однажды из иллюминатора «Тома Пэйна». Предполагалось, что я неоднократно бывал на Марсе, поэтому в дальнейшем мне не следовало выказывать любопытство подобно обыкновенному туристу. Но рассмотреть мне мало что удалось: пилот развернул челнок так, что из иллюминатора ничего не было видно, а потом, когда мы начали совершать посадочные маневры, настала пора надевать кислородные маски.

Эти ужасные маски чуть было не испортили все дело. Мне никогда не приходилось пользоваться ими. Дэк об этом не подумал, а я не сообразил, что это может оказаться целой проблемой. Раньше мне несколько раз приходилось пользоваться космическим дыхательным аппаратом и аквалангом, и я думал, что маска не очень сильно от них отличается. Однако Бонфорт отдавал предпочтение модели «Вольный ветер» компании «Мицубиси», которая оставляла рот свободным и подавала обогащенный кислородом воздух прямо в ноздри: носовой зажим, трубки в ноздрях, шланги, идущие за спину к сгущающему устройству. Я готов признать, что, если к нему привыкнуть, это замечательный прибор — в нем можно разговаривать, есть, пить, делать что угодно. Но, честное слово, лучше бы дантист засунул мне в рот обе руки.

Сложность пользования этим аппаратом состоит в том, что приходится все время контролировать движения мускулов рта. В противном случае вместо речи получается шипение, как у чайника, потому что проклятая штука работает на разнице давлений. К счастью, пилот установил в салоне марсианское давление, как только мы надели маски, дав мне тем самым минут двадцать на то, чтобы освоиться с ней. И все же какое-то время я был абсолютно уверен: все пропало. Но я напомнил себе, что пользовался этой штукой сотни раз и привычен к ней, как к зубной щетке. В конце концов я убедил себя в этом.

Дэк сумел избавить меня от часовой беседы с земным консулом на борту челнока, но совсем избежать его нам не удалось: он встречал челнок на поле космодрома. Время поджимало, и это позволяло мне избегать тесных контактов с другими людьми, так как пора было отправляться в марсианский город. Мне показалось странным, что человек может чувствовать себя в большей безопасности среди марсиан, чем среди людей.

Но еще более странно было оказаться на Марсе.

Глава 5

Мистер Бутройд, земной консул на Марсе, был ставленником Партии Человечества, как, впрочем, и весь его персонал, за исключением технических специалистов гражданских служб. Но Дэк сказал мне, что Бутройд, скорее всего, не имеет отношения к заговору. Дэк считал его честным, хотя и глуповатым. По тем же причинам ни Дэк, ни Родж Клифтон не думали, что к похищению приложил руку Верховный Министр Квирога. Они полагали, что это дело рук тайной 'террористической группы, существующей внутри Партии Человечества и называющей себя «Людьми действия». А уж они, по мнению моих товарищей, были тесно связаны с некоторыми уважаемыми денежными мешками, которые готовы были биться насмерть за свои прибыли.

Но после того как мы приземлились, произошла одна вещь, заставившая меня всерьез задуматься, так ли уж честен и глуп этот Бутройд, как полагает Дэк. Ничего страшного, конечно, не случилось, но момент был довольно острый. Так как я был Очень Важным Гостем, консул явился встречать меня, но, поскольку в настоящее время я путешествовал как частное лицо, мне не оказали никаких официальных почестей. С Бутройдом были только его помощник и девочка лет пятнадцати.

Я знал его по фотографиям и описаниям Роджа и Пенни, которые постарались сообщить мне о нем все, что знали сами. Я пожал ему руку, осведомился, не беспокоит ли его больше синусит, поблагодарил за теплый прием, который он оказал мне в прошлый раз, затем обменялся несколькими вежливыми фразами с его помощником и повернулся к юной леди. Я знал, что у Бутройда есть дочь примерно этого возраста. Но я не знал — а Родж и Пенни ничего мне об этом не сказали, — встречался я с ней раньше или нет.

Бутройд сам помог мне:

— Вы еще не знакомы с моей дочерью Дейдрой, не так ли? Она уговорила меня взять ее с собой.

Ни на одной из пленок, что я просматривал, не было отражено, как Бонфорт обращается с маленькими девочками. Поэтому мне просто следовало быть Бонфортом — вдовцом около шестидесяти лет, у которого нет ни собственных детей, ни даже племянников, равно как и опыта общения с подростками, но зато есть богатейший опыт общения с самыми разными людьми. Я стал вести себя так, словно ей было по крайней мере в два раза больше лет, чем на самом деле. Я даже поцеловал ей руку. Она вспыхнула, и на лице ее появилось радостное смущение.

Бутройд, кажется, тоже остался доволен и сказал:

— Ну что же ты? Не стесняйся, попроси. Другого случая у тебя не будет!

Она еще больше покраснела и произнесла:

— Сэр, не могли бы вы дать мне автограф? У нас в школе все девочки собирают их. У меня даже есть автограф мистера Квироги... И мне очень хочется иметь ваш. — Она протянула небольшой блокнот, который держала за спиной.

Я почувствовал себя как водитель коптера, у которого потребовали права, а он забыл их дома в других брюках. Я многому научился за это время, но мне даже в голову не приходило, что когда-нибудь придется подделывать подпись Бонфорта. Черт возьми, человек просто не в состоянии за два с половиной дня освоить *все*!

Но Бонфорт не мог отказать в такой пустяковой просьбе — а я был Бонфортом. Я весело улыбнулся и сказал:

— Так у тебя уже есть подпись Квироги?

— Да, сэр.

— Просто автограф?

— Да. И еще он приписал: «С наилучшими пожеланиями».

Я подмигнул Бутройду:

— Вы только подумайте, а! «С наилучшими пожеланиями». Молодым леди я всегда пишу только «С любовью». Знаете, что я сделаю? — Я взял блокнот у нее из рук и стал его рассматривать.

— Шеф, — нервно сказал Дэк. — У нас очень мало времени.

— Успокойтесь, — ответил я ему, не поднимая глаз. — Вся марсианская нация подождет, если дело касается юной леди. — Я протянул блокнот Пенни. — Будьте добры, запишите размеры этого блокнота. А потом напомните мне прислать фотографию, которая точно подойдет сюда по размерам — с автографом, разумеется.

— Да, мистер Бонфорт.

— Устроит вас это, мисс Дейдра?

— Еще бы!!!

— Отлично. Очень приятно было познакомиться. Теперь, капитан, мы можем идти. Господин консул, не ваша ли это машина вон там?

— Да, мистер Бонфорт, — ответил он и покачал головой. — Боюсь, что вы обратили в свою веру члена моей семьи. Точнее, в вашу экспансионистскую ересь. Отличная работа.

— Это научит вас не брать ее с собой в дурные компании, а, мисс Дейдра? — Я еще раз обменялся с ним рукопожатиями. — Спасибо, что встретили нас, господин консул. Думаю, теперь нам следует поторопиться.

— Да, конечно. Приятно было повидаться с вами.

— Спасибо, мистер Бонфорт!

— Вам спасибо, дорогая моя!

Я медленно повернулся, чтобы не выглядеть суетливым или нервным в объективах стереокамер. Вокруг кишели фотографы, репортеры, операторы и прочая корреспондентская братия. Билл удерживал репортеров в стороне от нас; когда мы двинулись к машине, он помахал нам рукой и крикнул:

— Увидимся позже, шеф! — И снова принялся что-то втолковывать окружавшим его людям.

Родж, Дэк и Пенни вслед за мной сели в машину. На взлетном поле царила суматоха. После того как Бутройд не заметил подделки, других людей я мог не опасаться, хотя на поле, несомненно, присутствовали те, кто знал об имперсонизации.

Я постарался забыть об этих людях. Они не могли причинить нам никакого вреда, не поставив под удар самих себя.

Машина оказалась «роллсом-аутлендером» с регулируемым давлением, но маску я снимать не стал, потому что другие этого не сделали. Я сел справа, Родж рядом со мной, Пенни за ним, а Дэк занял одно из откидных сидений. Водитель взглянул на нас через прозрачную перегородку и тронулся с места.

Родж тихо сказал:

— Я уже начинал беспокоиться.

— Беспокоиться не о чем. А теперь давайте посидим тихо. Я хочу освежить в памяти речь.

На самом деле я хотел спокойно поглазеть на марсианский ландшафт. Речь я и без того знал назубок. Водитель вез нас вдоль северного края поля, мимо множества стоянок. Я видел рекламы торговых компаний «Вервийс», «Диана аутлайнз лтд», «Трипланет» и «И.Г. Фарбениндастри». Марсиан кругом было столько же, сколько и людей. Мы, наземники, полагаем, что марсиане медлительны как улитки; это действительно так, но только на нашей планете, где притяжение относительно велико. В родном мире они скользят на своих основаниях, словно плоские камешки по воде.

Справа от нас, к югу от взлетного поля, уходил за горизонт Большой Канал. Противоположного его берега видно не было. Впереди лежало гнездо Ккаха — красивый город. Я всматривался в него, сердце мое замирало от его нежной, хрупкой красоты. И в этот момент Дэк рванулся вперед.

Мы уже почти миновали космопорт с его довольно оживленным движением, и нам навстречу по пустынной полосе двигалась лишь одна машина. Я заметил ее, но не придал особого значения. Дэк же, видимо, все время был настороже: когда встречная машина была уже совсем недалеко от нас, он распахнул дверцу в перегородке, отделявшей нас от водителя, перегнулся через его голову и схватился за рулевое колесо. Наша машина резко вильнула вправо, затем влево и чуть было не слетела с дороги, что могло стоить нам жизни: в этом месте шоссе проходило по берегу Канала.

Два дня назад в отеле «Эйзенхауэр» я оказался для Дэка плохим помощником, поскольку не был вооружен и не ожидал беды. Сегодня я тоже был безоружен, но зато в этот раз не растерялся.

Водитель, сначала ошеломленный внезапным натиском Дэка, опомнился и пытался оторвать его руки от баранки. Я нагнулся к водителю, обхватил левой рукой за горло, а указательный палец правой сунул ему под ребро.

— Только пошевелись, и я тебя продырявлю! — Голос принадлежал злодею из «Джентльмена со второго этажа», текст был оттуда же.

Мой противник сразу затих.

— Родж, что они делают? — быстро спросил Дэк.

Клифтон оглянулся и ответил:

— Они разворачиваются.

Дэк ответил:

— Хорошо. Шеф, держите этого малого на мушке, пока я не переберусь за руль.

Сделать это ему удалось с большим трудом из-за длинных ног и тесноты в кабине. Наконец он уселся в кресло водителя и счастливо произнес:

— Вряд ли что-нибудь на четырех колесах сможет на хорошей дороге догнать «роллс». — Он вдавил в пол педаль газа, и огромная машина рванулась вперед. — Что там, Родж?

— Они только что развернулись.

— Отлично. Что будем делать с этим субчиком? Вышвырнуть его на дорогу, что ли?

Водитель пискнул и сдавленным голосом пролепетал:

— Я ни в чем не виноват!

Я надавил сильнее, и он затих.

— Разумеется, ты не виноват. Ты просто собирался устроить небольшое столкновение, чтобы мистер Бонфорт опоздал на церемонию. Не заметь я, как ты притормаживаешь, чтобы самому не покалечиться, все могло бы получиться. — Он резко повернул, так что взвизгнули шины, а гироскоп зажужжал, стараясь вновь привести машину в горизонтальное положение. — Как дела, Родж?

— Они отстали.

— Ага! — Дэк не стал сбавлять скорость. Мы делали добрых три сотни километров в час. — Интересно, собирались ли они обстрелять нас? Что ты на это скажешь, милейший? Уж тебя-то они наверняка спишут за ненадобностью.

— Я не понимаю, о чем вы говорите! У вас будут большие неприятности!

— Да что ты! Ты надеешься, что поверят такой подозрительной птичке, как ты, а не четырем уважаемым людям? Или, может быть, ты и не шофер вовсе? Во всяком случае, мистер Бонфорт предпочитает, чтобы я вел его машину, поэтому ты должен быть рад сделать приятное мистеру Бонфорту. — Дэк помолчал, потом задумчиво проговорил: — Я думаю, шеф, нет смысла выкидывать его на полном ходу. Лучше мы отвезем вас, а затем займемся им в каком-нибудь укромном местечке. Думаю, если его хорошенько допросить, он многое сможет рассказать нам.

Водитель попытался вырваться. Я сильнее сжал его горло и снова ткнул пальцем. Конечно, палец на ощупь не так уж похож на дуло пистолета, но проверить все равно нельзя. Он расслабился и угрюмо спросил:

— Не собираетесь же вы колоть меня наркотиками?

— Господи, конечно нет! — оскорбленным тоном ответил Дэк. — Это противозаконно. Пенни, душечка, у тебя есть булавка?

— Конечно, Дэк. — Голос Пенни звучал озадаченно.

— Отлично. Парень, тебе когда-нибудь загоняли булавки под ногти? Говорят, снимает даже гипнотический приказ молчать. Действует непосредственно на подсознание или что-то в этом роде. Беда только в том, что пациент при этом издает не самые приятные звуки. Именно поэтому мы и собираемся отвезти тебя куда-нибудь в дюны, где ты своими криками не потревожишь никого, кроме песчаных скорпионов. После того как ты разговоришься, мы отпустим тебя на все четыре стороны. Но — теперь слушай особенно внимательно — если ты будешь приятен в общении и добровольно согласишься рассказать все, что знаешь, ты получишь премию. Мы разрешим тебе взять с собой кислородную маску.

Дэк замолчал. Несколько мгновений не было слышно ни звука, кроме свиста марсианского воздуха, обтекающего корпус нашего «роллса». На Марсе человек без кислородной маски может в лучшем случае пройти две сотни ярдов, и то если он в хорошей форме. Помнится, я даже читал о человеке, который прошел около полумили, прежде чем отдал концы. Я взглянул на спидометр и увидел, что мы уже в двадцати трех километрах от Годдард-Сити.

Пленник медленно сказал:

— Честное слово, я ничего не знаю. Мне просто заплатили за то, чтобы я устроил столкновение.

— Мы попытаемся подстегнуть твою память. — Ворота марсианского города были уже прямо перед нами. Дэк начал тормозить. — Приехали, шеф. Родж, будет лучше, если ты возьмешь пистолет и избавишь шефа от обузы.

— Верно, Дэк. — Родж перебрался поближе ко мне и тоже ткнул водителя под ребра — указательным пальцем, как и я. Я вернулся на свое место. Дэк остановил машину у самых ворот.

— На четыре минуты раньше срока, — удовлетворенно проговорил он. — Отличная машина. Хотел бы я иметь такую. Родж, подвинься, ты мешаешь.

Клифтон подвинулся, и Дэк со знанием дела ударил водителя ребром ладони ниже уха. Человек обмяк.

— Это успокоит его как раз на то время, которое вам необходимо. Нежелательно, чтобы на глазах у всего гнезда произошло что-нибудь непредвиденное. Как у нас со временем?

Мы все взглянули на часы. У нас в запасе было еще три с половиной минуты.

— Вы должны появиться точно в назначенное время, секунда в секунду, понимаете? Ни до, ни после, а тютелька в тютельку.

— Понятно, — хором ответили мы с Клифтоном.

— На то, чтобы подойти к воротам, потребуется около тридцати секунд. Как вы желаете распорядиться тремя оставшимися минутами?

Я вздохнул:

— Попытаюсь успокоить нервы.

— С вашими нервами и так все в порядке. Вы не растерялись. Примите мои поздравления, старина. Через два часа вы уже будете на пути домой с кучей денег. Требуется последнее усилие.

— Надеюсь. Все это было несколько утомительно. Как вы считаете, Дэк?

— Да, это верно.

— Можно вас на минутку? — Я вылез из машины и поманил его за собой. Отойдя на несколько шагов, я спросил: — Что будет, если я допущу какую-нибудь оплошность там, внутри?

— Что-что? — Дэк был удивлен. Потом он рассмеялся, как-то даже слишком сердечно. — Вы ни за что не ошибетесь. Пенни сказала мне, что вы знаете роль от и до.

— Да, но представьте себе невозможное.

— Вы не ошибетесь, повторяю. Я прекрасно понимаю ваши переживания. Я чувствовал себя точно так же, когда в первый раз самостоятельно сажал корабль на Землю. Но как только я начал посадку, я так увлекся, что у меня просто не осталось времени ошибаться.

Нас окликнул Клифтон. В разреженном воздухе его голос звучал непривычно высоко:

— Дэк! Вы следите за временем?

— У нас его целая куча. Больше минуты.

— Мистер Бонфорт! — Это был голос Пенни.

Я повернулся и подошел к машине. Она вышла и протянула мне руку.

— Удачи вам, мистер Бонфорт!

— Спасибо, Пенни.

Родж пожал мне руку, а Дэк похлопал по плечу.

— Минус тридцать пять секунд. Пора!

Я кивнул и пошел к воротам. Когда я приблизился к ним вплотную, было без двух секунд назначенного времени. Массивные ворота распахнулись передо мной. Я глубоко вздохнул и недобрым словом помянул кислородную маску.

А потом шагнул на сцену.

Не важно, сколько раз вам приходилось делать это. Все равно, когда поднимается занавес и начинается премьера, у вас захватывает дух. Конечно, вы назубок знаете роль. Перед спектаклем вы попросили режиссера рассчитать все поточнее. Позади много репетиций. И все же, когда вы выходите на сцену и знаете, что на вас устремлены тысячи пар глаз, вы невероятно волнуетесь.

Когда я миновал ворота и увидел своих зрителей, мне захотелось повернуться и бежать без оглядки. Повсюду, куда ни глянь, толпились обитатели гнезда. Передо мной простиралась обширная площадь, битком забитая марсианами. Их было тысячи и тысячи. Они походили на плотно посаженную спаржу. Я знал, что первым делом должен медленно пересечь эту площадь по осевой линии и вступить на дорожку, ведущую во внутреннее гнездо.

Я не мог сделать ни шагу.

Тогда я сказал себе: «Послушай, дружок, ведь ты — Джон Джозеф Бонфорт. Ты и прежде бывал здесь десятки раз. Эти марсиане — твои друзья. Ты здесь потому, что сам этого захотел, и потому, что этого захотели они. Давай-ка двигай потихонечку вперед. «Вот и невеста!»

Кажется, я снова стал Бонфортом. Я стал дядюшкой Джо Бонфортом, единственным желанием которого было проделать все без сучка без задоринки, на благо и во имя своего народа и своей планеты и ради друзей-марсиан. Я сделал глубокий вдох и шагнул вперед.

Именно этот вдох и спас меня: я почувствовал знакомое благоухание. Тысячи и тысячи марсиан, собравшиеся вместе, пахли так, будто кто-то пролил целую цистерну «Вожделения джунглей». Уверенность, что я действительно обоняю этот запах, заставила меня обернуться и посмотреть, не следует ли за мной Пенни. Я все еще ощущал ее теплую руку в своей.

Я двинулся через площадь, стараясь передвигаться со скоростью, с какой перемещаются по своей планете марсиане. Толпа сомкнулась в том месте, где я стоял. Вполне возможно, дети убегут от старших и начнут вертеться вокруг меня. Под «детьми» я подразумеваю марсиан, только что прошедших стадию деления. Они вдвое меньше по весу и по росту, чем взрослые марсиане. Их никогда не выпускают за пределы гнезда, и поэтому люди обычно почти не вспоминают, что на свете существуют маленькие марсиане. После деления марсианину требуется около пяти лет, чтобы набрать нормальный вес, полностью развить мозг и восстановить все прежние воспоминания. А пока этого не произошло, он совершеннейший идиот. Перераспределение генов и регенерация, следующие за соединением и делением, надолго выводят марсианина из строя. На одной из бобин Бонфорта была лекция на эту тему, сопровождавшаяся не очень качественной любительской стереосъемкой.

Дети — это добродушные идиоты, полностью освобожденные от всех требований пристойности и от всего, что с этим связано. Среди марсиан малыши пользуются необычайной любовью.

Двое детишек, совсем маленького роста и похожие как две капли воды, выбежали из толпы и как вкопанные остановились передо мной, напоминая глупых щенков посреди улицы с оживленным движением. Если я не остановлюсь, то могу просто затоптать их.

Я остановился. Они приблизились ко мне, теперь уже окончательно преградив мне путь. Вытягивая свои псевдоконечности, они принялись что-то оживленно чирикать друг другу. Я ничего не мог понять. Они принялись хватать меня за одежду и запускать лапки в мои нарукавные карманы.

Марсиане так тесно обступали меня, что я не мог обойти детишек стороной. Дети были очень милы, и я даже чуть было не полез в карман, чтобы дать им конфету, которой там не было и в помине. Но я не забывал о главной церемонии, рассчитанной точно, как балет. Если я не успею вовремя добраться до внутреннего гнезда, я совершу тот самый классический грех, из-за которого прославился Ккахграл Младший.

Но малыши, казалось, и не собирались уступать мне дорогу.

Я вздохнул, и меня снова захлестнула волна запаха. И тогда я принял решение. Я был уверен, что ласкать детишек принято по всей Галактике и что это вполне согласуется даже с нормами марсианской пристойности. Я опустился на колено, став таким образом одного роста с ними, и несколько мгновений ласкал их, легонько пошлепывая и поглаживая.

Затем я поднялся и осторожно произнес:

— Ну вот и все. Теперь я должен идти. — На эту фразу потребовался чуть ли не весь запас моего основного марсианского.

Дети опять прильнули было ко мне, но я осторожно отстранил их и пошел вперед быстрее, чем раньше, чтобы наверстать упущенное время. Никто не ударил меня в спину жезлом, поэтому я начал надеяться, что мое нарушение правил пристойности было не таким уж серьезным. Наконец я добрался до спуска, ведущего во внутреннее гнездо, и углубился под землю.

Церемония принятия в гнездо изобилует множеством ограничений, поскольку на ней могут присутствовать только члены гнезда Ккаха. Это чисто семейное мероприятие. Судите сами: у мормонов могут быть очень близкие друзья, но разве эти дружеские отношения играют какую-нибудь роль в храме Солт-Лейк-Сити? Марсиане очень часто наносят визиты в другие гнезда, но ни один марсианин во время такого визита не имеет права войти во внутреннее гнездо. Поэтому я не могу описывать здесь церемонию принятия в гнездо во всех подробностях, как член масонской ложи не вправе описывать ритуалы своей организации посторонним.

В сущности, это и не имеет большого значения, поскольку церемония в общих чертах одинакова во всех гнездах. Мой поручитель — старейший марсианский друг Бонфорта Ккахреаш — встретил меня у дверей и погрозил жезлом. Я потребовал, чтобы он убил меня, если я в чем-то провинился. По правде говоря, я не узнал его, хотя и видел его изображение. Но это наверняка был он — этого требовал ритуал.

Дав таким образом понять, что я искренний приверженец всех добродетелей, я получил разрешение войти. Ккахреаш провел меня по всем этапам посвящения, мне задавали вопросы, а я на них отвечал. Каждое слово, каждый жест были отрепетированы до автоматизма, как в классической китайской пьесе, иначе мои шансы равнялись бы нулю. Я не понимал в большинстве случаев, о чем меня спрашивают, а в половине случаев не понимал собственных ответов. Я просто точно знал, где, когда и как меня должны спросить и что я на это должен ответить. Усложняло задачу то, что марсиане предпочитают неяркий свет, и я блуждал почти вслепую, как крот.

Как-то раз мне пришлось играть с Хоуком Ментеллом, незадолго до его смерти, когда он уже был глух как пень. Вот это был актер! Он не имел возможности использовать специальный аппарат, потому что слуховой нерв был мертв. Некоторые реплики он читал по губам, но это не всегда возможно, поэтому он сам руководил постановкой и скрупулезно точно рассчитывал все действие. Я сам видел, как он, проговорив реплику, уходил, а затем возвращался из-за кулис, отвечая на следующую реплику, которой не слышал, руководствуясь заранее рассчитанным отрезком времени.

Церемония очень напоминала мне тот спектакль. Я твердо знал свою роль и играл ее. Если бы что-то пошло не так, то уж никак не по моей вине.

Очень нервировало меня то, что на меня постоянно было направлено не менее полудюжины жезлов. Я убеждал себя, что они не станут сжигать меня из-за какого-нибудь мелкого промаха. Ведь я был просто глупым человечком, которого удостоили великой чести и которого в случае чего можно просто выставить пинком под зад. Но ощущение все равно было не из приятных.

Мне казалось, что прошло много дней. Это, конечно, было не так, потому что вся церемония занимает ровно одну девятую часть марсианских суток. В конце концов мы приступили к ритуальной трапезе. Не знаю точно, что мы ели; возможно, это и к лучшему. По крайней мере, я не отравился.

После этого старшие произнесли приветственные речи, я тоже сказал речь, в которой давал высокую оценку своему принятию в гнездо. Затем мне дали гнездовое имя и вручили жезл. Я стал марсианином.

Я понятия не имел, как пользоваться жезлом, а новое имя напоминало звук, издаваемый испорченным краном. Но отныне и навсегда я стал законным членом самой аристократической семьи на Марсе — ровно через пятьдесят два часа после того, как поиздержавшийся наземник на последние пол-империала поставил выпивку незнакомцу в баре «Каса Маньяна».

Это, на мой взгляд, еще раз доказывает, что от незнакомцев следует держаться подальше.

Я поспешил вернуться к людям настолько быстро, насколько позволяли приличия. Дэк заранее написал для меня речь, где я приводил более чем убедительные доводы, что мне необходимо срочно удалиться. Они отпустили меня. Я почувствовал себя не в своей тарелке: наверняка мое дальнейшее поведение также должно быть обусловлено строгими обычаями, но я их, к сожалению, не знал. Поэтому я как можно проникновеннее принес свои извинения и просто направился к выходу. Ккахреаш и еще один старший отправились со мной. По пути мне посчастливилось поиграть с еще одной парой детишек, хотя, возможно, это были те же самые. Когда мы достигли ворот, двое старших попрощались со мной, и только тогда я смог перевести дух.

«Роллс» стоял на том же самом месте. Я заторопился к нему, дверца приоткрылась, и я с удивлением обнаружил, что в машине сидит одна Пенни. Но это отнюдь не разочаровало меня. Я похвастался:

— Эй, Завиток! Я сделал это!

— Я знала, что вы справитесь.

Я шутливо отсалютовал ей жезлом и произнес:

— Зовите меня просто Ккаххерр.

— Будьте поосторожнее с этим именем! — нервно произнесла она.

Я уселся рядом с ней на переднее сиденье и спросил, покачивая жезлом:

— Пенни, вы, случайно, не знаете, как пользоваться этой штукой? — Наступила реакция, и я чувствовал себя изпуренным, но веселым. Все, что мне сейчас было необходимо, — это три стакана выпивки и огромный бифштекс, а уж после этого можно спокойно сидеть и ждать отзывов критики.

— Нет. Но обращайтесь с ним поаккуратнее!

— Кажется, нужно просто нажать вот здесь. — Именно это я и сделал. В крыше машины появилось аккуратное двухдюймовое отверстие, после чего машина перестала быть герметичной.

Пенни ахнула. Я сказал:

— Прошу прощения. Лучше отложу-ка я его в сторону, пока Дэк не научит меня, как с ним обращаться.

Она сглотнула.

— Ничего страшного. Только не направляйте его куда попало.

Она резко тронула машину с места, и я понял, что Дэк не единственный, кто умеет лихо водить ее.

В отверстие, проделанное мною, бил ветер. Я спросил:

— Куда мы, собственно, торопимся? Мне нужно немного времени, чтобы повторить мой текст для пресс-конференции... А где все остальные? — Я совершенно забыл о том, что с нами был еще захваченный водитель.

— Они не смогли вернуться сюда.

— Пенни, что произошло? В чем дело? — Я сомневался, что мне удастся провести пресс-конференцию без посторонней помощи. Конечно, я смог бы рассказать немного о церемонии, хотя этого и не следовало делать.

— Это из-за мистера Бонфорта. Мы *нашли его*.

Глава 6

До этого момента я не замечал, что она ни разу не назвала меня мистером Бонфортом. Конечно, она и не могла называть меня так, раз я больше не был им. Я снова стал Ларри Смайтом, которого наняли, чтобы он сыграл роль Бонфорта.

Вздохнув, я откинулся на сиденье и постарался расслабиться.

— Так, значит, все позади — и с этим покончено! — Я почувствовал, что с моих плеч свалилась тяжеленная ноша. Я даже не представлял, как тяжела она была, до тех пор, пока не избавился от нее. Даже моя «больная» нога пе-

115

рестала болеть. Я похлопал Пенни по руке и произнес своим собственным голосом: — Я очень рад, что все позади. Но мне будет очень вас не хватать. Вы настоящий друг. Что ж, все когда-нибудь кончается, расстаются даже лучшие друзья. Надеюсь, когда-нибудь мы еще увидимся.

— Я тоже надеюсь.

— Наверное, Дэк придумал что-нибудь, чтобы спрятать меня на некоторое время, а затем протащить на борт «Тома Пэйна»?

— Не знаю. — В голосе ее промелькнули какие-то странные нотки. Я быстро взглянул на нее и заметил, что она плачет. Сердце у меня екнуло: Пенни плачет? Из-за предстоящей разлуки со мной? Хотя я и не мог поверить этому, в глубине души я страстно желал, чтобы именно это оказалось причиной ее слез. Глядя на мои утонченные черты и изящные манеры, можно подумать, что я неотразим для женщин, однако на самом деле слишком многие из них легко уклонялись от моих чар. Для Пенни это вообще не составляло ни малейшего труда.

— Пенни, — сказал я. — О чем вы говорите, милая? Вы разобьете машину.

— Я ничего не могу с собой поделать.

— Может быть, вы все-таки расскажете мне, в чем дело? Вы сказали, что нашли его, и все. — Внезапно у меня зародилось страшное подозрение. — Скажите, он… жив?

— Да, он жив, но… они *изувечили* его! Она снова принялась всхлипывать, и мне пришлось перехватить руль. Она быстро взяла себя в руки. — Простите.

— Может быть, лучше мне повести машину?

116

— Все будет в порядке. Кроме того, вы не умеете водить — я имею в виду, не должны уметь.

— Что? Не говорите глупостей. Я прекрасно вожу машину, и, кроме того... — Я замолчал, внезапно осознав, что моя миссия еще не закончена. Если Бонфорта изувечили так, что это невозможно скрыть, то он не может появляться в таком виде на людях — во всяком случае, через пятнадцать минут после принятия в гнездо Ккаха. Возможно, мне все же придется провести эту пресс-конференцию и публично удалиться, а на борт «Тома Пэйна» тайком доставят уже не меня, а Бонфорта. Что ж, хорошо — последнее усилие перед тем, как опустится занавес.

— Пенни, может быть, Дэк и Родж хотят, чтобы я оставался в образе еще некоторое время? Нужно мне выступать перед репортерами или нет?

— Я не знаю. У нас не было времени обсудить это.

Мы проезжали мимо взлетного поля космодрома. Впереди виднелись гигантские купола Годдард-Сити.

— Пенни, притормозите, и давайте поговорим толком. Должен же я знать, что мне предстоит?

Из ее слов я узнал, что водитель заговорил. Я не стал спрашивать, была ли применена к нему игольно-ногтевая терапия. Затем его отпустили на все четыре стороны, даже не отобрав маску, и рванули назад, в Годдард-Сити. Машину вел Дэк. Я почувствовал облегчение оттого, что меня не было с ними. Вообще, космонавтам нельзя разрешать водить ничего, кроме космических кораблей.

Они явились по адресу, который дал им водитель. Я сообразил, что это, видимо, был район притонов, без которого не обходится ни один портовый город со времен финикийцев. В таких районах обычно гнездятся уволенные с кораблей пилоты, проститутки, мошенники, грабители и прочий сброд, а полицейские передвигаются только по двое.

Сведения, которые удалось вытянуть из водителя, были верными, но несколько устаревшими. В компате явно содержался узник, так как здесь стояла измятая кровать, кофейник был еще горячим, а на полке обнаружилась старомодная вставная челюсть, завернутая в полотенце, которая, по утверждению Клифтона, принадлежала Бонфорту. Но самого Бонфорта в комнате не было, как и его похитителей.

Покидая комнату, мои друзья собирались привести в действие первоначальный план, по которому следовало официально объявить, что похищение было совершено сразу же после посвящения, и нажать на Бутройда, угрожая ему, что, если он не примет надлежащих мер, им придется обратиться к гнезду Ккаха. Но потом они нашли Бонфорта — наткнулись на него на улице, когда уже собирались уезжать. Это был оборванный старый калека с недельной давности бородой, грязный и не в своем уме. Мужчины не узнали его, но Пенни узнала и заставила их остановиться.

Дойдя до этого места, она снова разрыдалась, и мы чуть не налетели на гусеничный тягач, который буксировал в доки космопорта платформу с каким-то грузом.

Судя по всему, ребята из второй машины, которая безуспешно пыталась сбить нас на дороге, доложили обо всем своим таинственным боссам, и те решили прекратить игру. Я никак не мог понять, почему Бонфорта просто не убили; лишь позднее я сообразил — то, что с ним сделали, более отвечало их намерениям и было более жестоким, чем убийство.

— Где он теперь? — спросил я.

— Дэк отвез его в отель для космонавтов в третьем куполе.

— Мы едем туда?

— Я не знаю. Родж велел, чтобы я забрала вас, а потом они исчезли за служебной дверью отеля. Нет-нет, я думаю, нам не следует появляться там. Я просто не знаю, что делать.

— Пенни, остановите машину.

— Что?

— Эта машина наверняка оборудована фоном. Мы не поедем дальше, пока не узнаем точно, что нам делать, или не рассчитаем дальнейших шагов сами. Я уверен в одном: мне следует оставаться в образе до тех пор, пока Дэк или Родж не решат, что мне пора уходить в тень. Ведь кто-то же должен выступить перед корреспондентами. Кто-то должен публично отбыть с Марса на «Томе Пэйне». Вы уверены, что мистер Бонфорт в состоянии проделать все это?

— Боже, конечно нет. Если бы вы видели его!

— Я не видел его, поэтому я верю вам. Все в порядке, Пенни. Я снова мистер Бонфорт, а вы — моя секретарша. Лучше нам продолжать с этого самого момента.

— Да... мистер Бонфорт.

119

— Теперь попытайтесь связаться по фону с капитаном Бродбентом, будьте добры.

Через некоторое время Пенни сказала:

— Капитан, с вами хочет поговорить шеф. — И передала трубку мне.

— Это шеф, Дэк.

— О! Где вы находитесь... сэр?

— Все еще в машине. Пенни встретила меня. Кажется, Билл назначил пресс-конференцию, где она состоится?

Он поколебался.

— Я рад, что вы позвонили, сэр. Билл отменил ее. Ситуация... словом, сэр, все немного изменилось.

— Пенни мне так и сказала. Но я только рад этому. Я очень устал, Дэк. Я решил, что мы стартуем уже сегодня. Меня целый день беспокоит нога, и я просто предвкушаю тот момент, когда окажусь в невесомости и дам ей возможность отдохнуть по-настоящему. — Сам я ненавидел невесомость, но Бонфорт придерживался другого мнения. — Может быть, вы или Родж принесете мои извинения консулу?

— Мы обо всем позаботимся, сэр.

— Отлично. Как скоро будет готов челнок?

— «Бигон» всегда готов принять вас на борт. Если подъедете к воротам номер три, я позвоню, и за вами пришлют машину.

— Отлично. Отбой.

— Отбой, сэр.

Я вернул трубку Пенни, чтобы она положила ее на место.

— Завиток, я не знаю, прослушивается этот фон или нет. Возможно, прослушивается вся машина. Если это так, наш противник может

120

узнать две вещи: где находится Дэк, а значит, и где находится *он*, и еще — что собираюсь делать я. Что из этого следует?

Она задумалась, затем достала блокнот и написала на чистой странице: «Вам нужно избавиться от машины».

Я кивнул, взял у нее блокнот и написал: «Далеко ли отсюда до ворот номер три?»

Она ответила: «Можно добраться пешком».

Мы молча выбрались из машины и пошли вперед. Машина осталась на частной стоянке неподалеку от одного из складов; конечно, через некоторое время ее вернут туда, где она должна находиться. Сейчас такие мелочи нас не волновали.

Мы прошли уже метров пятьдесят, когда я внезапно остановился. Что-то было не так. День выдался прекрасный, в пурпурном марсианском небе ярко светило солнце. Люди, двигавшиеся мимо пешком и на машинах, не обращали на нас никакого внимания. Ну разве что пялили глаза на хорошенькую девушку, но уж никак не на меня. И все же я чувствовал себя не в своей тарелке.

— Что с вами, шеф?

— А? — Я понял, наконец, в чем дело.

— Сэр?

— Я перестал быть «шефом». Не в его характере пробираться вот так, тайком. Мы возвращаемся, Пенни.

Она, не сказав ни слова, двинулась за мной обратно к машине. На этот раз я сел сзади и принял сурово-независимый вид. Мой личный шофер доставил меня к воротам номер три.

Это были не те ворота, через которые мы покидали космодром. Наверное, Дэк выбрал их потому, что через них в основном проходил груз, а не пассажиры. Пенни, не обращая внимания на предупредительные надписи, подогнала огромный «роллс» прямо к воротам. Портовый охранник попытался остановить ее, но она холодно произнесла:

— Машина мистера Бонфорта. И будьте добры позвонить в офис консула, чтобы за ней прислали кого-нибудь.

Он растерялся, окинул быстрым взглядом заднее сиденье, кажется, узнал меня и отдал честь. Я дружески помахал ему рукой, когда он предупредительно распахнул дверцу машины.

— Наш лейтенант очень не любит, когда у ограды паркуются машины, — извиняющимся тоном произнес он. — Но я думаю, в этом случае все будет в порядке, мистер Бонфорт.

— Вы можете сразу же отогнать машину. Я и мой секретарь отбываем, — сказал я. — За мной прислали челнок.

— Сейчас узнаю, сэр.

Охранник удалился. В дальнейшем он мог подтвердить, что мистер Бонфорт подъехал на правительственной машине и поднялся на свою личную яхту. Он заглянул в караулку, перекинулся несколькими словами с дежурным, а затем, улыбаясь, поспешно вернулся к нам:

— Челнок ждет вас, сэр.

— Весьма признателен. — В душе я поздравлял себя с точным расчетом времени.

— Э-э-э... — Охранник явно был возбужден и заторопился: — Я сам экспансионист, сэр. Большое дело вы сегодня сделали. — Он с почтением поглядел на марсианский жезл, торчавший у меня из-под мышки.

122

Я точно знал, как повел бы себя Бонфорт в такой ситуации.

— Благодарю вас. Надеюсь, у вас будет много детей — мы должны действовать опираясь на поддержку большинства.

Он захохотал:

— Отлично сказано!

Мы двинулись вперед, и я уже вошел в ворота, когда охранник деликатно тронул меня за локоть:

— Э... Ваш паспорт, мистер Бонфорт.

Надеюсь, что выражение моего лица не изменилось.

— Пенни, достаньте наши паспорта.

Она холодно посмотрела на караульного:

— Обо всех формальностях позаботится капитан Бродбент.

Охранник взглянул на нас и отвел глаза.

— Наверное, так оно и есть, но я обязан проверить ваши паспорта и записать серийные номера.

— Да, конечно. Что ж, нужно связаться с капитаном Бродбентом и попросить его подъехать.

Пенни была вне себя от ярости:

— Мистер Бонфорт, но ведь это просто смешно! Мы никогда раньше не подвергались подобной проверке. Во всяком случае, на Марсе!

Охранник торопливо сказал:

— Я не сомневаюсь, что все в порядке, мисс. Но...

Я вмешался:

— Мы можем все уладить очень просто. Если вы... как ваше имя, сэр?

— Хасльвонтер. Ханс Хасльвонтер, — неохотно признался он.

— Так вот, мистер Хасльвонтер, если вы свяжетесь с консулом Бутройдом, я поговорю с ним, и мы избавим моего пилота от необходимости выбираться сюда и к тому же сэкономим мне час или более.

— Мне бы не хотелось делать этого. Может, я лучше свяжусь с начальником порта? — с надеждой спросил он.

— Знаете что, дайте мне номер мистера Бутройда. Я сам свяжусь с ним. — На этот раз я добавил в голос льда — интонация важного и занятого человека, пытающегося быть демократичным, но выведенного из себя бюрократической мелочностью нижестоящих.

Это подействовало. Охранник поспешно сказал:

— Я уверен, что все в порядке, мистер Бонфорт. Просто у нас... сами знаете, правила и все такое.

— Знаю, знаю. Благодарю вас. — Я прошел через ворота.

— Мистер Бонфорт! Посмотрите сюда!

Я оглянулся. Переговоры с привратником заняли у нас времени ровно столько, сколько потребовалось газетчикам, чтобы настичь нас. Один из них припал на колено и наводил на меня свой стереоаппарат; он поднял голову и потребовал:

— Держите жезл так, чтобы его было видно!

Несколько репортеров с различным оборудованием обступили нас с Пенни. Кто-то взобрался на крышу нашего «роллса», кто-то совал мне в лицо диктофон, а один из корреспондентов издали навел на меня микрофон направленного действия, похожий на ружье.

Я рассердился, но, к счастью, вспомнил, что должен вести себя подобающе. Улыбнувшись, я пошел медленнее. Бонфорт всегда учитывал, что на экране движение кажется более быстрым, так что я поступил именно так, как поступил бы он.

— Мистер Бонфорт, почему вы отменили пресс-конференцию?

— Мистер Бонфорт, есть сведения, что вы собираетесь внести в Великую Ассамблею предложение предоставить имперское гражданство марсианам. Не могли бы вы сказать что-нибудь определенное по этому поводу?

— Мистер Бонфорт, когда вы собираетесь выносить на голосование вотум доверия существующему правительству?

Я поднял руку с зажатым в ней жезлом и улыбнулся:

— Пожалуйста, задавайте вопросы поочередно! Так какой же первый вопрос?

Разумеется, они ответили все одновременно, и, пока они бурно выясняли, кому же быть первым, я выиграл еще несколько мгновений. Тут, к счастью, подоспел Билл Корпсмен:

— Ребята, имейте совесть! У шефа был тяжелый день. Я сам отвечу на все вопросы.

Я махнул ему рукой:

— У меня в распоряжении еще несколько минут, Билл. Джентльмены, хотя мне пора, я все же постараюсь удовлетворить ваше любопытство. Как мне известно, нынешнее правительство не намерено делать никаких шагов в области изменения существующего гражданского статуса марсиан. Поскольку я в настоящее время не занимаю никакого официального поста, мое мнение, естественно, может быть только сугубо личным. Советую вам узнать об этом поточнее у мистера Квироги. Что же касается вотума доверия, то мы не поставим его на голосование, пока не будем уверены, что победа за нами. Ну, об этом вы осведомлены не хуже меня.

Кто-то спросил:

— Вам не кажется, что это просто слова?

— Я и не собирался говорить что-либо определенное, — возразил я, подсластив пилюлю лучезарной улыбкой. — Пожалуйста, задавайте вопросы, на которые я могу ответить по существу, и получите исчерпывающий ответ. Спросите меня, например, что-нибудь вроде: «Перестали ли вы бить свою жену?» — и я наверняка отвечу вам чистую правду. — Тут я поколебался, зная, что Бонфорт известен своей честностью, особенно по отношению к прессе. — Но я не собираюсь водить вас за нос. Все вы знаете, почему сегодня я оказался здесь. Давайте-ка лучше я подробно расскажу вам об этом, и потом можете цитировать меня сколько угодно. — Я покопался в памяти и наскоро построил кое-что из тех речей Бонфорта, которые мне доводилось слышать. — Подлинное значение того, что произошло сегодня, — это не честь, оказанная одному человеку, это... — я помахал марсианским жезлом, — доказательство того, что две великие расы могут преодолеть полосу отчуждения, разделяющую их. Наша собственная раса стремится в бескрайние просторы космоса, и в один прекрасный момент мы обнаружим — мы уже сейчас начинаем понимать это, — что нас отнюдь не большинство. И если мы хотим преуспеть в освоении космо-

126

са, мы должны идти к звездам и иметь дело с их обитателями только на основе равноправного взаимопонимания, играть в открытую, приходить к ним с открытым сердцем. Я слышал также разговоры, что марсиане добьются превосходства на Земле, дай им только волю. Уверяю вас — это совершеннейшая чушь: Земля марсианам просто-напросто не подходит. Так что давайте защищать то, что мы действительно можем потерять, но не следует позволять ослепить себя ненависти и страху. Ничтожествам никогда не завоевать звездных просторов, поэтому души ваши должны быть широкими, как космос.

Один из репортеров вопросительно поднял бровь:

— Мистер Бонфорт, сдается мне, что вы уже говорили то же самое в феврале?

— Вы услышите от меня то же самое и в следующем феврале. И в январе, марте и во все остальные месяцы. Истину повторить никогда не мешает. — Я повернулся к охраннику и сказал: — Прощу прощения, но теперь мне пора идти, а то я опоздаю к старту.

Я двинулся к воротам. Пенни поспешила за мной.

Мы забрались в небольшой пассажирский кар космодрома, и его дверца бесшумно скользнула на место. Машина была автоматической, поэтому мне не пришлось играть еще и роль водителя. Я откинулся на спинку сиденья и расслабился:

— Уф-ф-ф!

— Это было изумительно, — серьезно сказала Пенни.

— Я испугался, только когда меня поймали на том, что я повторяю старую речь.

— Но вы здорово вывернулись. Это было самое настоящее вдохновение. И я... говорили вы... в точности как *он*.

— Пенни, скажите, был там кто-нибудь, кого мне следовало назвать на «ты» или по имени?

— Пожалуй, нет. Может быть, одного или двух, но вряд ли они стали бы ждать от вас этого в такой неразберихе.

— Меня застали врасплох. Черт бы побрал этого охранника с его проклятыми паспортами. Кстати, Пенни, я почему-то думал, что их носите вы, а не Дэк.

— А у Дэка их и нет. Мы все ходим каждый со своим паспортом. — Она полезла в сумочку и извлекла из нее небольшую книжечку. — Мой паспорт у меня с собой, но я не решилась доставать его.

— Почему?

— Дело в том, что *его* паспорт был у него, когда его похитили. И мы не осмелились просить о выдаче дубликата, по крайней мере до настоящего времени.

И тут я почувствовал, что измотан вконец.

Поскольку ни от Дэка, ни от Роджа никаких инструкций не последовало, я продолжал оставаться в образе во время подъема и перехода на яхту. Мне это было совсем не трудно. Я просто сразу прошел в каюту владельца яхты и несколько часов грыз ногти, пытаясь представить себе, что сейчас делается внизу, на поверхности планеты. В конце концов с помощью таблеток от тошноты я ухитрился провалиться в сон, но это было ошибкой с моей стороны, так как мне тут же стали сниться кошмары. В них присутствовали репортеры, гневно указывающие на меня пальцами, копы, грубо хватающие меня за руки и волокущие куда-то, марсиане, прицеливающиеся в меня из своих жезлов. Все они знали, что я — обманщик, и не могли решить только одного: кому достанется честь разорвать меня на куски.

Разбудил меня стартовый сигнал. В ушах зазвучал густой голос Дэка:

— Первое и последнее красное предупреждение! Треть g! Одна минута!

Я кинулся к противоперегрузочному креслу и расположился на нем. Когда начался разгон, я почувствовал себя значительно лучше: одна треть земного притяжения — это не очень много, примерно такое же притяжение на поверхности Марса. Этого оказалось достаточно, чтобы привести в порядок мой желудок и превратить одну из переборок каюты в обычный пол.

Минут через пять в дверь постучали, и вошел Дэк.

— Как себя чувствуете, шеф?

— Привет, Дэк, очень рад снова увидеть вас.

— Я еще более рад, — устало сказал он, — что в конце концов вернулся. — Взглянув на мою койку, он спросил: — Ничего, если я прилягу?

— Ради бога.

Он улегся на койку и облегченно вздохнул:

— Совсем замотался! Кажется, дрых бы целую неделю...

— Да и я бы не отказался. Ну как, доставили *его* на борт?

— Конечно, хотя это было совсем не легко.

— Я думаю! Впрочем, в таком маленьком порту, как этот, подобные вещи, наверное, проходят легче, чем в большом. Здесь не нужны ухищрения, к которым вы прибегали на Земле, чтобы отправить меня в космос.

— Наоборот, здесь все устроить значительно сложнее.

— Как же так?

— Это очевидно. Здесь все знают всех, и слухи распространяются очень быстро. — Дэк криво усмехнулся. — Мы доставили его на борт под видом контейнера с марсианскими креветками из каналов. Пришлось даже заплатить пошлину.

— Дэк, как он?

— Ну... — Дэк нахмурился. — Док Кэйпек считает, что он полностью оправится, это вопрос времени. Ух, если бы я только мог добраться до этих крыс! Если бы вы видели, что они с ним сделали, вы бы заорали от ужаса... А мы вынуждены оставить их в покое — ради него же самого.

Дэк и сам уже почти кричал. Я мягко сказал:

— Из слов Пенни я понял, что его искалечили. Насколько тяжелы травмы?

— Вы не так поняли. Он был дьявольски грязен и нуждался в бритве, но никаких физических повреждений у него не было.

Я недоумевающе посмотрел на него:

— Я думал, они его били.

— Было бы лучше, если бы его действительно били. Но то, что они сделали с его *разумом*...

— Ох... — Мне вдруг стало плохо. — Промывание мозгов?

— Да. Да и нет. Пытаться вытянуть из него какие-либо секреты было бессмысленно, потому что у него их не было. Он всегда играл в открытую, и все это знали. Поэтому они просто старались держать его под контролем, чтобы он не пытался сбежать. Док считает, что они ежедневно вводили ему минимальную дозу психотропного вещества, как раз достаточную, чтобы он находился в нужном состоянии, и делали так до того самого момента, как отпустили его. А в самый последний раз ему вкатили такую дозу, что все мы теперь опасаемся за его психическое здоровье. Лобные доли его мозга, должно быть, пропитаны этой дрянью, как губка.

Тут я почувствовал себя совсем плохо. Мне довелось кое-что читать на эту тему. В игре с человеческой личностью есть что-то невероятно аморальное и низменное. По сравнению с этим убийство — преступление чистое и естественное, просто маленький грешок. «Промывание мозгов» — термин, который дошел до нас из последнего периода Темных веков. Тогда пытались сломить волю человека и изменить его личность путем физических мучений, жестоких пыток. Но эти процедуры могли занять несколько месяцев, поэтому немного позже открыли более быстрый путь к достижению той же самой цели. Человека превращали в безумного раба за считаные секунды, просто вводя ему одно из химических производных коки в лобные доли мозга.

Эта омерзительная практика сначала получила применение при лечении буйных душевнобольных, чтобы сделать их пригодными для психотерапии. В том виде и в то время это было весьма ценным достижением, так как избавляло врачей от необходимости производить лоботомию — хирургическое вмешательство нейрохирурга в мозг, которое приводит к потере личности человека.

«Промывание мозгов» с помощью наркотиков, взятое на вооружение коммунистами, было более чем эффективным. Правоверные Братья, сменившие коммунистов на политической арене, довели этот метод до совершенства: они могли вводить человеку мельчайшие дозы наркотиков и делать его просто склонным к подчинению, а могли напичкать его до такой степени, что он становился похожим на кучу инертной протоплазмы. Делалось все это во имя священной заботы о благе ближних. Но судите сами, как можно заботиться о благе человека, который упрямо скрывает какие-то секреты? Поэтому лучшая гарантия того, что он не затаил зла, — ввести ему иглу рядом с глазным яблоком и впрыснуть необходимые жидкости прямо в мозг. Не разбив яиц, омлета не приготовишь — любимое оправдание негодяев.

Конечно, наркотическое вмешательство в работу человеческого мозга давным-давно признано незаконным, не считая некоторых видов психотерапии, где без него не обойтись. Но этим методом все же иногда пользуются преступники, да и копы порой закрывают глаза на закон, потому что им нужно развязать язык преступнику. Это очень удобно: следов не остается, жертве можно даже приказать забыть все, что с ней делали.

Большую часть этого я знал и до того, как Дэк рассказал мне, что сделали с Бонфортом, а остальное вычитал в корабельной «Энциклопедии Батавии». Смотри статью «Психическое интегрирование», а также «Пытки».

Я помотал головой, пытаясь отогнать кошмары:

— Но все-таки он оправится или нет?

— Док говорит, наркотик не меняет структуры мозга. Он просто парализует его. Кэйпек утверждает, что кровь со временем вымывает и уносит из мозга эту дрянь, затем она попадает в почки и выводится из организма. Но на все это требуется время. — Дэк взглянул на меня: — Шеф?

— А? По-моему, пора отбросить всех этих «шефов», не правда ли? Ведь он вернулся.

— Как раз об этом-то я и хотел с вами поговорить. Не могли бы вы еще некоторое время побыть в его роли?

— Но зачем? Ведь здесь нет никого, перед кем нужно ломать комедию.

— Не совсем так, Лоренцо. Пока нам удается сохранить все это в полной тайне. Об этом знаем только вы, я, — он загнул два пальца, — док, Родж и Билл. Разумеется, Пенни. Там, на Земле, остался человек по имени Лэнгстон. Но вы его не знаете. Думаю, Джимми Вашингтон тоже что-то подозревает, но он так скрытен, что, наверное, не доверил бы свои подозрения родной матери. Я не знаю, сколько человек принимало участие в похищении, уверен, что немного. Во всяком случае, говорить они не осмелятся, а самое смешное — им теперь не доказать, что Бонфорт когда-либо был похищен, даже если бы они и захотели. Но дело вот в чем: здесь, на «Томми», экипаж и другие посторонние люди. Старина, как насчет того, чтобы еще немножко побыть шефом и каждый божий день ненадолго показываться на глаза членам команды и Джимми Вашингтону с его девочками — только до тех пор, пока *он* не поправится? А?

— М-м-м... Я в общем-то не вижу особых причин отказываться. А сколько времени займет лечение?

— Думаю, ко времени возвращения на Землю все будет в порядке. Мы постараемся двигаться как можно медленнее, с минимальным ускорением. Вы останетесь довольны.

— Хорошо, Дэк. И знаете что? Не нужно мне доплачивать за это. Я согласен сделать это просто потому, что ненавижу «промывание мозгов».

Дэк хлопнул меня по плечу.

— Мы с вами из одной породы людей, Лоренцо. О плате не беспокойтесь, мы обо всем позаботимся. — Его лицо неуловимо изменилось, приняло вежливо-строгое выражение. — Отлично, шеф. Утром увидимся, сэр.

Мы перешли на более высокую орбиту, где нас бы уже наверняка не достали журналисты, если бы захотели, воспользовавшись челноком, навестить нас и получить еще какую-нибудь информацию. Я проснулся в невесомости, принял таблетку и ухитрился даже кое-как позавтракать. Вскоре после завтрака появилась Пенни:

— Доброе утро, мистер Бонфорт.

— Доброе утро, Пенни. — Я кивнул в направлении гостиной. — Есть какие-нибудь новости?

— Нет, сэр. Все по-прежнему. Капитан шлет вам свои поздравления и приглашает, если вас это не затруднит, к себе в каюту.

— Хорошо.

Пенни проводила меня до капитанской каюты. Дэк сидел за столом, Родж и Билл устроились в креслах, пристегнувшись к ним ремнями.

Увидев меня, Дэк сказал:

— Спасибо, что пришли, шеф. Нам нужна помощь.

— Доброе утро. А что, собственно, произошло?

Клифтон ответил на мое приветствие уважительно и назвал меня шефом. Корпсмен коротко кивнул. Дэк продолжал:

— Дело в том, что вам придется сказать еще одну речь.

— Вот как? Я думал...

— Секундочку. Средства массовой информации ожидали от вас сегодня большой речи насчет вчерашнего события. Я думал, Родж отменил ее, но Билл уже написал текст. Дело за малым: готовы ли вы выступить с этой речью?

— А где? В Годдард-Сити?

— Да нет, прямо у вас в каюте. Мы передадим ее на Фобос; там ее запишут и транслируют на Марс, затем, по линии срочной связи, в Новую Батавию, а уже оттуда — на Венеру, Ганимед и так далее. Таким образом, за каких-нибудь четыре часа она облетит всю Систему, а вам не придется даже выходить из своей каюты.

В такой обширной аудитории для артиста есть какая-то магическая притягательность. Мои выступления никогда еще не транслировались на всю Солнечную систему, если не считать одного раза, но тогда мое лицо всплыло на экране только на двадцать семь секунд — это была эпизодическая роль. А тут такая возможность...

Дэк решил, что я собираюсь отказаться, и добавил:

— Если вам трудно, мы можем записать речь заранее, а потом просмотрим ее и заменим неудачные места.

— Ну хорошо. Где текст, Билл?

— У меня.

— Позвольте мне посмотреть его.

— У вас будет достаточно времени, чтобы его изучить.

— У вас что, нет его с собой?

— Нет, отчего же.

— Тогда позвольте мне посмотреть его.

Корпсмен забеспокоился:

— Вы получите его за час до записи. Такие вещи лучше делать экспромтом.

— Давно известно, что из всех экспромтов самые удачные — заранее подготовленные, Билл. Это моя профессия, так что предоставьте решать мне, что будет лучше.

— Но ведь еще вчера вы прекрасно справились на взлетном поле вообще без подготовки. Эта сегодняшняя речь — почти то же самое, и мне хотелось бы, чтобы вы прочитали ее примерно так же, экспромтом, как выступали вчера перед корреспондентами.

Чем больше отнекивался Билл, тем сильнее и сильнее ощущал я в себе упрямство Бонфорта. Наверное, Клифтон заметил, что я вот-вот рассержусь и начну метать громы и молнии, поэтому он быстро сказал:

— Ради бога, Билл! Дай ему речь.

Корпсмен фыркнул и бросил мне листки. В невесомости они разлетелись по всей комнате. Пенни торопливо собрала их, сложила по порядку и вручила мне. Я поблагодарил ее и, не говоря больше ни слова, углубился в чтение.

Быстро пробежав глазами текст, я поднял голову.

— Ну как? — спросил Родж.

— Здесь минут на пять рассказа о принятии в гнездо, а остальное — аргументы, свидетельствующие о правильности политики экспансионистов. В общем, почти то же самое, что уже было в речах, которые мне давали раньше.

— Правильно, — согласился Клифтон. — Принятие в гнездо — это стержень, на котором держится все остальное. Как вы, наверное, знаете, мы собираемся вынести на голосование вотум доверия правительству.

— Понимаю. И вы не можете упустить случая ударить в барабан. Может, это и неплохо, но...

— Что «но»? Что-нибудь не так?

— Нет, просто дух, в котором выдержана речь... В нескольких местах придется заменить некоторые выражения. *Он* бы так не выразился.

С уст Корпсмена сорвалось слово, которое не следовало бы произносить в присутствии леди. Я холодно взглянул на него.

— А теперь послушайте меня, Смайт, — заявил он. — Кто лучше знает, как выразился бы в этом случае Бонфорт, — вы или человек, который вот уже четыре года пишет за него все речи?

Я пытался сдержаться — в его словах была доля правды.

— И тем не менее, — ответил я, — оборот, который хорошо смотрится в печатном тексте, не всегда может прозвучать в речи. Мистер Бонфорт — великий оратор, теперь я это знаю. Его можно поставить в один ряд с Черчиллем, Уэбстером и Демосфеном: величие мысли, выраженное простыми словами. А теперь давайте возьмем хотя бы вот это слово «бескомпромиссность», которое вы употребили дважды. Я бы еще, может, и воспользовался им, поскольку испытываю слабость к сложным словам. Да и люблю, знаете ли, показать свою эрудицию. Но мистер Бонфорт наверняка сказал бы вместо этого «ослиное упрямство» или «каприз». А сказал бы он так потому, что в этих словах содержится больше чувства и выражено оно сильнее.

— Вы бы лучше думали о том, как озвучить речь! А уж о словах позвольте побеспокоиться мне.

— Вы, видимо, не поняли меня, Билл. Меня совершенно не волнует, что представляет собой речь с точки зрения политика. Мое дело — имперсонизация. И я не могу вложить в уста своего героя слова, которые ему несвойственны. Это будет выглядеть ненатурально и глупо. А вот если я прочитаю речь так, как обычно читал он, это уже само по себе будет эффектно.

— Послушайте, Смайт, вас наняли не для того, чтобы писать речи. Вас наняли для того, чтобы...

— Тихо, Билл! — прикрикнул на него Дэк. — И давай-ка поменьше этих «Смайтов». Родж, ну а ты что скажешь?

— Как я понимаю, шеф, вы в целом согласны, но против некоторых выражений? — сказал Клифтон.

— В принципе да. На мой взгляд, еще следовало бы вырезать личные нападки на мистера Квирогу и откровения насчет того, кто стоит у него за спиной. Все это тоже звучит как-то не по-бонфортовски.

Он застенчиво улыбнулся:

— Вообще-то это место вставил я, но, может быть, вы действительно правы. — Помолчав немного, он продолжал: — Хорошо, сделайте все изменения, какие сочтете необходимыми. После этого мы запишем ваше выступление и просмотрим его. Если понадобится, изменим кое-что, в крайнем случае, можем даже вообще его отменить — «по техническим причинам».

— Проклятье, но это совершенно...

— Нет, именно так мы и поступим, Билл.

Корпсмен резко встал и вышел из каюты. Клифтон тяжело вздохнул:

— Билл всегда ненавидел саму мысль о том, что кто-то, кроме мистера Бонфорта, может давать ему указания. Но человек он очень способный. Шеф, когда вы будете готовы к записи?

— Когда буду готов, сообщу.

Пенни вместе со мной вернулась в мой кабинет. Когда она закрыла дверь, я сказал:

— Пенни, детка, около часа вы мне не понадобитесь. Но если вам не трудно, зайдите сначала к доку и попросите у него еще этих таблеток. Они могут мне потребоваться.

— Хорошо, сэр. — Она поплыла к двери. — Шеф?

— Да, Пенни?

— Не верьте, что Билл писал за *него* все речи.

— А я и не верю. Ведь я слышал *его* речи и читал эту.

— Билл, конечно, иногда писал всякую мелочь. Как и Родж, впрочем. Даже я иногда занималась этим. *Он* готов был использовать свежие идеи, от кого бы они ни исходили. Но если он читал речь, эта речь была целиком его собственная. От первого до последнего слова.

— Я знаю, Пенни. Жаль только, что именно эту речь он не написал заранее.

— Просто постарайтесь сделать все, что в ваших силах.

Так я и сделал. Начал с того, что заменил четкими, ритмичными германизмами латинские выспренности, которыми можно было вывихнуть челюсть, но вскоре вышел из себя, побагровел и порвал текст в клочки. Только импровизация может доставить истинное удовлетворение актеру, и как же редко приходится иметь с ней дело.

В качестве слушателя я выбрал Пенни и добился от Дэка заверения в том, что больше меня никто не будет подслушивать. Через три минуты после того, как я начал говорить, Пенни разрыдалась, а к тому времени, когда я закончил (двадцать восемь с половиной минут — ровно столько, сколько было отведено для передачи), она сидела неподвижно, совершенно потрясенная. Боже упаси, я вовсе не позволил себе никаких вольностей с прямой и ясной доктриной экспансионизма, провозглашенной ее официальным пророком Джоном Джозефом Бонфортом; я просто немного видоизменил его тезисы, воспользовавшись главным образом выражениями из его прежних речей.

И вот ведь что странно — я верил каждому слову из того, что говорил.

После этого мы все вместе собрались, чтобы посмотреть запись. Здесь был и Джимми Вашингтон, присутствие которого держало в узде Билла Корпсмена. Когда запись кончилась, я спросил:

— Ну как, Родж? Будем вырезать что-нибудь?

Он вынул изо рта сигару и ответил:

— Нет. Если хотите, чтобы все было в порядке, послушайте моего совета, шеф, пустите ее в том виде, в каком она есть.

Корпсмен снова удалился в раздражении, зато мистер Вашингтон подошел ко мне со слезами на глазах:

— Мистер Бонфорт, это было прекрасно!

— Спасибо, Джимми!

Пенни вообще не могла произнести ни слова. После просмотра я отключился. Удачное представление всегда выжимает меня досуха. Я спал больше восьми часов, пока меня не разбудила корабельная сирена. Я пристегнулся к койке — ненавижу плавать во сне по всей каюте — и связался с рубкой, не дожидаясь второго предупреждения.

— Капитан Бродбент?

— Да, шеф? Мы стартуем по расписанию — как вы распорядились.

— Ах да, конечно.

— Думаю, мистер Клифтон скоро будет у вас.

— Отлично, капитан. — Я снова откинулся в кресле и стал ждать.

Как только мы стартовали, в каюту вошел Родж Клифтон. Он выглядел обеспокоенным.

— Что случилось, Родж?

— Шеф! Они хотят нанести нам удар! Правительство Квироги подало в отставку.

Глава 7

Спросонья я все еще туго соображал; чтобы хоть немного прояснить свои мысли, я помотал головой:

— А отчего это вас так беспокоит, Родж? Ведь вы, кажется, именно этого и добивались?

— Да, конечно... Но... — Он запнулся.

— Но — что? Вы все годами работали и строили планы, как свалить правительство Квироги, теперь вы добились своего. А выглядите словно невеста, которая начинает перед самой свадьбой подумывать, не бросить ли ей всю эту затею. Почему?

— Э-э... Вы еще мало разбираетесь в политике.

— Вы это знаете так же хорошо, как и я. Меня излечила от увлечения ею должность разведчика в нашей группе скаутов.

— Так вот, видите ли, в политике главное — точно выбранное время.

— Именно так всегда говорил и мой отец. А теперь, если я правильно вас понял, вы бы предпочли, чтобы Квирога по-прежнему находился у власти. Ведь вы сами сказали, что нам хотят нанести удар.

— Позвольте, я объясню. На самом деле мы добивались того, чтобы на голосование был вынесен вотум доверия. Мы выиграли бы его, и это привело бы к назначению новых выборов — но в то время, когда это было бы нужно нам, когда мы были уверены, что победим на выборах.

— Ах вот оно что. А сейчас вы не уверены, что победите? Вы думаете, Квирога будет вновь избран и еще пять лет будет возглавлять правительство?

Клифтон задумался.

— Нет. Я думаю, у нас хорошие шансы победить на выборах.

— Так в чем же дело? Разве вы не хотите победить?

— Конечно хотим. Но неужели вы не понимаете, что означает для нас эта отставка?

— Кажется, нет.

— Так вот, правительство, стоящее у власти, может в течение конституционного срока своего правления в любое время назначить выборы. Обычно правительство предпринимает такой шаг, когда наступает самый благоприятный момент. Но никто не стал бы подавать в отставку перед самыми выборами, если только не было оказано какое-то давление извне. Понимаете?

— Кажется, понимаю.

— В данном случае правительство Квироги назначило всеобщие выборы, а затем подало в отставку полным составом, оставляя Империю вообще без какого-либо управления. В такой ситуации монарх должен назначить кого-то, кто сформирует временное правительство, которое вело бы дела Империи до выборов. В соответствии с буквой закона монарх может назначить любого из членов Ассамблеи, но в соответствии с историческими прецедентами выбора у него нет: когда правительство подает в отставку в полном составе, монарх *обязан* назначить главой временного правительства лидера оппозиции. Это не дает возможности сделать отставку правительства разменной монетой в грязной игре. В прошлом в пылу политической борьбы правительства порой менялись как перчатки. Но при нынешней системе гарантировано постоянное наличие ответственного руководства.

Я так старался вникнуть в его объяснения, что чуть было не пропустил мимо ушей последние слова:

— Таким образом, император вызывает мистера Бонфорта в Новую Батавию.

— Новая Батавия? Ну, знаете ли! — Я вдруг вспомнил, что никогда в жизни не был в столице Империи. В тот единственный раз, когда я побывал на Луне, превратности моей профессии лишили меня и денег, и возможности совершить экскурсию. — Так вот почему мы стартовали! Ну что ж, в принципе я не возражаю. Полагаю, у вас всегда найдется возможность отправить меня домой, на Землю, даже если сам «Томми» и не скоро окажется на ней.

— Бога ради, не беспокойтесь о такой ерунде. Когда будет необходимо, капитан Бродбент сумеет найти десяток способов доставить вас обратно.

— Прошу прощения, я совсем забыл, что у вас на уме сейчас более серьезные проблемы, Родж. Конечно, теперь, когда моя работа закончена, мне бы страшно хотелось вернуться домой, но я безропотно подожду сколько нужно на Луне — хоть несколько дней, хоть месяц. Спешить мне некуда. И большое спасибо вам за то, что вы не сочли за труд сообщить мне последние новости. — Я внимательно следил за его лицом. — Родж, вы чем-то чертовски обеспокоены.

— Разве вы не понимаете? Император вызывает мистера Бонфорта. *Сам Император*, понимаете? А мистер Бонфорт не в состоянии сейчас появляться на людях. Они сделали рискованный ход — и, возможно, поставят нам мат!

— Минутку, минутку... Не спешите. Я вижу, к чему вы клоните, но, дружище, ведь мы еще далеко от Новой Батавии — в сотне миллионов или в двухстах миллионах миль. А к тому времени, как мы прилетим на место, доктор Кэйпек поставит его на ноги. Разве нет?

— Что ж... Мы все очень надеемся на это.

— Но вы не уверены?

— Мы не можем быть уверены до конца. Кэйпек говорит, что о воздействии таких огромных доз нет клинических данных. Все зависит от обмена веществ конкретного человека и от того, какой именно наркотик ему введен.

Я вспомнил, как один подмастерье угостил меня слабительным прямо перед представлением. Это, конечно, не помешало мне с блеском доиграть роль до конца, что еще раз доказывает превосходство разума над телом; негодяя я потом уволил.

— Родж, видимо, они вкатили ему мощную дозу не из простого садизма — они хотели создать подобную ситуацию.

— Я тоже так думаю. И Кэйпек.

— В таком случае это значит, что за спиной похитителей стоит сам Квирога! Получается, Империей правит *гангстер*!

Родж покачал головой:

— Совсем необязательно. Но это действительно говорит о том, что силы, которые контролируют «людей действия», также руководят и деятельностью Партии Человечества. Им никогда ничего не удается вменить в вину: они сверхуважаемы и недосягаемы. Они могли шепнуть на ушко Квироге, что настала пора ложиться на спину и задирать лапки кверху —

скорее всего, даже не сообщая ему о действительных причинах того, почему избран именно этот момент.

— Черт возьми! Вы что же, хотите сказать, самый могущественный человек Империи так легко сдается только потому, что кто-то за сценой приказал ему сделать это?

— Боюсь, именно так и обстоит дело.

Я помотал головой:

— Вот уж действительно, политика — грязная игра.

— Нет, — твердо ответил Клифтон. — Нет такого понятия — «грязная игра». Просто иногда натыкаешься на нечестных игроков.

— Не вижу разницы.

— Разница огромная. Квирога — человек заурядный и является марионеткой в руках негодяев. А Джон Джозеф Бонфорт — личность во всех отношениях выдающаяся, и он никогда, слышите, *никогда* ни у кого не шел на поводу! Когда он был еще простым последователем экспансионизма, он искренне верил в правоту своего дела, и, когда он стал вождем, он повел людей за собой благодаря своей убежденности!

— Прошу прощения, — смущенно сказал я, — так что же все-таки нам делать? Надеюсь, Дэк все рассчитал верно и мы прибудем в Новую Батавию не раньше, чем *он* будет в состоянии предстать перед Императором.

— Мы не можем тянуть. Конечно, ускорять корабль необязательно: никто не ожидает, что человек в возрасте Бонфорта станет подвергать свое сердце излишним перегрузкам. Но и задерживаться особенно не следует. Когда за вами посылает Император, нужно являться вовремя.

146

— И что потом?

Родж молча смотрел на меня. Я уже начинал испытывать тревогу.

— Родж, только, ради бога, не надо говорить глупостей! Я не хочу еще глубже влезать в это дело. С этим покончено, разве что я могу еще несколько раз показаться на корабле. Грязная она или нет, но политика — не моя игра. Заплатите мне и отправьте домой, и я обещаю, что никогда даже близко не подойду к избирательной урне.

— Может быть, вам и не придется ничего делать. Доктор Кэйпек почти наверняка успеет привести его в норму. Но даже если и нет, в этом нет ничего трудного — совсем не то, что церемония на Марсе, просто аудиенция у Императора и...

— Император!

Как и большинство американцев, я не понимал преимуществ монархического правления и в глубине души не одобрял его. Зато я испытывал необъяснимый, постыдный страх перед коронованными особами. Возможно, этот монархический трепет связан с тем, что американцы проникли в Империю как бы с заднего хода. Когда мы получили статус провинции по договору, который давал нам право на полноценное участие в голосовании и прочих делах Империи, была заключена договоренность о том, что наши собственные органы власти, конституция и т. п. никаким изменениям не подвергнутся. Также негласно было решено, что ни один из членов императорской семьи никогда не ступит на землю Америки. Может быть, если бы мы были более привычны к монархам, они не производили бы на нас такого гнетущего впечатления. Впрочем, американские женщины больше всех прочих стремятся быть представленными ко двору.

— Расслабьтесь, — сказал Родж. — Возможно, вам вообще не придется ничего делать. Просто мы должны быть готовы ко всему. Я как раз хотел объяснить, что назначение временного правительства не доставит вам особых хлопот. Оно не принимает никаких законов, не производит изменений политического курса. Обо всей работе позабочусь я. А вам придется лишь появиться перед Императором Виллемом да еще, возможно, провести заранее подготовленную пресс-конференцию или две, в зависимости от того, сколько времени уйдет на *его* выздоровление. То, что вы уже сделали, было гораздо более трудным. А платить мы вам будем независимо от того, понадобятся ваши услуги или нет.

— Черт побери! Разве плата имеет теперь какое-нибудь значение! Как говорил в похожей ситуации один персонаж: «Выпустите меня отсюда!»

Не успел Родж ответить, как без стука вошел Билл Корпсмен, окинул нас пытливым взглядом и коротко спросил у Клифтона:

— Ну как, сказал ему?

— Да, — ответил Родж. — Но он хочет выйти из игры.

— Это невозможно!

— Это возможно, — ответил я. — И между прочим, Билл, в дверь, в которую вы только что вошли, можно прекрасно стучать. Хотелось бы, чтобы вы не упускали этого из виду.

— К черту, мы очень торопимся. Что это еще за чушь насчет вашего отказа?

— Это не та работа, на которую я соглашался вначале.

— Ерунда. Смайт, не будьте глупцом: вы слишком глубоко увязли во всем этом, чтобы теперь идти на попятную.

Я встал и схватил его за грудки.

— Вы, кажется, угрожаете мне? Если так, давайте выйдем и выясним отношения.

Он отшвырнул мою руку.

— На корабле? Вы что, действительно свихнулись? Неужели до вас не доходит, что эти события, возможно, вами же и вызваны?

— Что вы хотите сказать?

— Он имеет в виду, — вмешался Клифтон, — что падение правительства Квироги вызвано речью, которую вы прочитали сегодня утром. Скорее всего, он прав. Но это, Билл, к делу не относится, поэтому постарайтесь быть повежливее, прошу вас. Взаимными оскорблениями мы ничего не добьемся.

Я был так изумлен предположением, будто своей речью мог вызвать падение имперского правительства, что даже забыл о намерении избавить Корпсмена от лишних зубов. Неужели они действительно считают, что такое возможно? Конечно, речь сама по себе была неплохая, но могла ли она вызвать такой резонанс?

Если так, хорошую же службу она мне сослужила.

Я с удивлением спросил:

— Билл, я так понимаю, вам не нравится то, что речь, которую я произнес, оказалась чересчур действенной?

— Это была дрянная речь!

— Вы хотите сказать, дрянная речь могла так напугать Партию Человечества, что она устранилась от дел?

Корпсмен растерялся, хотел что-то ответить, но заметил издевательскую улыбку Клифтона. Он смешался, снова попытался возразить, но в конце концов пожал плечами и произнес:

— Хорошо, милейший, вы доказали, что правы. Речь, конечно, не могла иметь ничего общего с отставкой правительства Квироги. Тем не менее нам есть чем заняться. Так что не хотите ли вы внести свою лепту в наше общее дело?

Я гневно взглянул на него, но сдержался. Опять влияние Бонфорта — играя роль уравновешенного человека, сам становишься хладнокровным.

— Билл, между нами не может быть двусмысленности. Вы ясно дали понять, что считаете меня просто наемным работником. В таком случае у меня больше нет перед вами никаких обязательств. Я выполнил то, что обещал. И вы не можете поручить мне новую работу без моего согласия. А его вы не получите.

Он начал было что-то говорить, но я оборвал его:

— Все, уходите. Вам здесь делать нечего.

Он был ошарашен:

— Вы что о себе возомнили! Кто дал вам право здесь распоряжаться?

— Никто. И сам я никто, как вы изволили заметить. Но это моя личная каюта, которую предоставил мне капитан. Поэтому лучше покиньте ее своим ходом, чтобы не пришлось вас вышвыривать. Мне не нравятся ваши манеры.

Клифтон спокойно сказал:

— Лучше тебе уйти, Билл. Несмотря ни на что, это действительно его каюта, по крайней мере в настоящее время. — Он поколебался и добавил: — Думаю, мы оба должны уйти. С вашего разрешения... шеф.

— Конечно.

Я опустился в кресло и несколько минут размышлял. Мне было обидно, что Корпсмену удалось спровоцировать меня даже на такую небольшую перепалку. Но, припомнив все подробности, я сделал вывод: расхождение во взглядах с Корпсменом никоим образом не повлияло на мое решение, поскольку я принял его еще до прихода Билла.

В дверь постучали. Я спросил:

— Кто там?

— Капитан Бродбент.

— Входите, Дэк.

Он вошел, сел и несколько минут изучал собственные ногти. Потом он поднял голову и спросил:

— А вы не изменили бы своего решения, если бы я распорядился посадить мерзавца в карцер?

— На вашем корабле есть карцер?

— Нет. Но не составляет никакого труда соорудить его на скорую руку.

Я пристально посмотрел ему в лицо:

— Вы что, действительно посадили бы Билла в карцер, если бы я захотел?

Он подумал, затем, подняв бровь, усмехнулся:

— Нет. Человек не может быть капитаном, если он пользуется подобными методами. Такого приказа я бы не выполнил, даже если бы его отдал *он*! — Дэк кивнул в сторону каюты, в которой находился Бонфорт. — Некоторые решения человек должен принимать самостоятельно.

— Это верно.

— М-м-м... Я слышал, вы уже приняли какое-то решение?

— Точно.

— Вот как. А я пришел, чтобы выразить вам, старина, свое уважение. Когда мы с вами встретились впервые, я решил, что вы просто дешевый фигляр, у которого нет ни грамма совести и таланта. Я здорово ошибался.

— Спасибо.

— Поэтому я и не собираюсь вас разубеждать. Только скажите мне: стоит ли нам обсудить все аспекты этого дела? Или вы уже обо всем как следует подумали?

— Я уже решил, Дэк. И это не просто упрямство.

— Может быть, вы и правы. Прошу прощения. Значит, остается только надеяться, что он оправится к моменту прибытия на Луну. — Бродбент поднялся. — Кстати, Пенни хотела бы повидаться с вами, если вы окончательно отказываетесь сотрудничать с нами.

Я печально усмехнулся:

— А может быть, сейчас настала очередь доктора Кэйпека выкручивать мне руки?

— Он пропустил свою очередь. У него очень много хлопот с мистером Бонфортом. Впрочем, он просил вам кое-что передать.

— Что?

— Он сказал, вы можете проваливать ко всем чертям. В его устах это звучало, конечно, гораздо пышнее, но смысл был примерно такой.

— Ах вот как? В таком случае передайте ему, что в аду я займу для него местечко поближе к огню.

— Так я могу пригласить Пенни?

— Конечно! Но можете предупредить ее сразу, что она только напрасно потеряет время. Ответ будет прежним: «Нет!»

Решение я все-таки переменил. Какие, к черту, могут быть споры, когда одна из сторон в качестве неотразимого аргумента использует запах «Вожделения джунглей»? И не то чтобы Пенни пользовалась запрещенными приемами. Нет, она даже слезинки не уронила, да и я не позволил себе ничего лишнего, но в конце концов я начал признавать справедливость некоторых ее доводов, а потом и доводы стали не нужны. С Пенни нельзя ходить вокруг да около, она из тех женщин, которые считают своим долгом спасать всех и помогать всем, и ее искренность просто поразительна.

Те тренинги по вживанию в образ, которыми сопровождался мой путь на Марс, оказались пустяком по сравнению со сложнейшим курсом обучения, который я прошел по пути в Новую Батавию. Ролью я в основном овладел. Теперь я должен был как можно больше узнать о человеке, служившем прообразом для этой роли. Передо мной стояла задача — оставаться Бонфортом при любых обстоятельствах. Во время императорской аудиенции, на которой мне предстоит присутствовать, да и вообще в Новой Батавии мне придется встречаться с сотнями, а может быть, и с тысячами людей. Родж предполагал немного оградить меня от публики, оправдываясь тем, что я очень занят и постоянно работаю, и тем не менее встречаться мне с ними придется, как всякому крупному политическому деятелю, и никуда от этого не уйдешь!

Рискованное представление, которое я собирался дать, сделал возможным только фэрли-архив Бонфорта, возможно лучший из всех когда-либо существовавших. Фэрли был государственным деятелем еще в двадцатом веке, кажется при Эйзенхауэре, и метод, разработанный им с целью облегчения политическим фигурам личных отношений с множеством людей, был так же революционен, как, например, в военном деле — изобретенное немцами командование боевыми действиями с помощью генерального штаба. Несмотря на это, я никогда раньше не слышал о такой штуке, пока Пенни не показала мне архив Бонфорта.

Фэрли-архив был не чем иным, как собранием сведений о разных людях, о всех или почти всех тысячах людей, с которыми Бонфорт когда-либо имел дело за свою долгую политическую жизнь. Каждое досье содержало в себе все, что он сам узнал о человеке во время личной встречи, как бы тривиальны эти сведения ни были. На самом деле тривиальное и является для человека главным: имена и прозвища, уменьшительные имена жен, детей, домашних животных, любимые блюда и напитки, предрассудки, чудачества. За всем этим обязательно следовала дата и место встречи, а также замечания о последующих встречах с данной персоной.

Иногда в архиве хранилось фото соответствующего лица. Здесь не было, да и не могло быть «малозначительных» сведений. Иногда в архиве содержалась также информация, полученная из других источников, но это уже зависело от политической значимости персоны.

Когда Пенни сообщила мне, что вся эта гора записей — данные о контактах мистера Бонфорта, я застонал:

— О боже! Разве в человеческих силах запомнить все это?

— Конечно нет.

— Но ведь вы сами сказали, что все это он помнит о своих друзьях и знакомых.

— Не совсем так. Я сказала, что это то, что он хотел бы помнить. Но поскольку это невозможно, он и прибегает к помощи архива. Не волнуйтесь: запоминать вам вообще ничего не придется. Я просто хотела, чтобы вы знали о существовании такого архива. А уж о том, чтобы у него перед визитом посетителя выдавалась пара минут на изучение соответствующего досье, всегда заботилась я. Так что, если появится необходимость, я и вас обеспечу необходимыми материалами.

Я просмотрел одно из досье, которое она зарядила в просмотровое устройство. Кажется, это были сведения о некоем мистере Сондерсе из Претории, Южная Африка. У него был бульдог Буллибой, несколько мальчишек разного возраста, и любил он виски с лимонным соком и содовой.

— Пенни, неужели вы хотите сказать, что мистер Бонфорт запоминает подобную чепуху? На мой взгляд, это глупо.

Вместо того чтобы рассердиться за нападки на ее идола, Пенни серьезно кивнула:

— Когда-то я тоже так думала. Но это неверно, шеф. Вам приходилось когда-нибудь записывать номер телефона вашего друга?

— Конечно.

— Разве это нечестно? Разве вы извиняетесь при этом перед другом, что не можете просто запомнить его телефон?

— Хорошо, хорошо, сдаюсь. Вы меня убедили.

— Это сведения, которые он хотел бы держать в голове, если бы имел совершенную память. А раз это не так, то фиксировать их в архиве не более нечестно, чем записывать в записную книжку день рождения друга, чтобы не забыть о нем. Этот архив как раз и есть гигантская записная книжка, где имеется вся необходимая информация. Вам приходилось когда-нибудь встречаться с действительно важной персоной?

Я задумался. Пенни явно имела в виду не великих артистов. Вряд ли она вообще подозревала об их существовании.

— Как-то раз я встречался с президентом Уорфилдом. Мне тогда было десять или одиннадцать лет.

— Вы помните какие-нибудь подробности?

— Конечно, а как же! Он сказал: «Как это ты сподобился сломать руку, сынок?» — а я ответил: «Упал с велосипеда, сэр». Тогда он сказал: «Со мной так тоже раз было, только я тогда сломал ключицу».

— А как вы думаете, помнил бы он обстоятельства этой встречи, если бы был жив?

— Конечно нет!

— А вот я в этом не уверена: у него вполне могло быть заведено на вас досье в фэрли-архи ве. В архив включают даже мальчиков, потому что через некоторое время они вырастают и становятся мужчинами. Такие видные люди, как президент Уорфилд, встречаются с гораздо большим количеством людей, чем они могут запомнить. Каждый из этой огромной массы людей помнит в подробностях об этой встрече. Но ведь для каждого человека самой важной персоной является он сам — и политик никогда не должен об этом забывать. Вспомнить о других людях те мелочи, которые они сами, скорее всего, помнят о нем, — очень вежливо с его стороны. К тому же это общепринято — по крайней мере, в политике.

Я попросил Пенни поставить катушку со сведениями об Императоре Виллеме. Материал был короток, и это меня сначала обеспокоило. Но потом я решил, что Бонфорт не был близко знаком с Императором и встречался с ним лишь на редких официальных приемах; ведь первый свой срок в качестве Верховного Министра Бонфорт провел еще при прежнем Императоре Фредерике. Биография в досье отсутствовала, имелась только приписка: «Смотри «Дом Оранских». У меня не было времени изучать несколько миллионов слов имперской и доимперской истории. В школе я всегда получал по истории «хорошо» и «отлично». Все, что я хотел знать об Императоре, — это то, что знал о нем Бонфорт и не знали остальные.

Мне пришло в голову, что фэрли-архив может включать в себя сведения о людях, находящихся на корабле, поскольку они тоже входят в число тех, с кем имел дело Бонфорт. Я спросил об этом Пенни — она даже не удивилась.

Настала очередь удивляться мне. На «Томе Пэйне» находилось шесть членов Великой Ассамблеи. В первую очередь это были сам Бонфорт и, разумеется, Родж Клифтон, но и в досье Дэка были такие строки: «Бродбент, Дэриус К., достопочтенный член Великой Ассамблеи, представляющий Лигу вольных путешественников, член президиума». Далее было отмечено, что он имеет степень доктора физических наук, девять лет назад занял второе место в соревнованиях по стрельбе из пистолета на Имперских играх и что им опубликованы три книги стихов под псевдонимом Эйси Унлрайт. Я поклялся себе, что никогда больше не буду судить о людях по их наружности.

Была тут и приписка от руки: «Женщины от него без ума!»

Пенни и доктор Кэйпек также оказались членами парламента. Даже Джимми Вашингтон, как выяснилось, был парламентарием — он представлял избирателей какого-то захолустного уголка наподобие Лапландии, включая, видимо, всех северных оленей и Санта-Клауса. Он также состоял в Первой Истинной Библейской Церкви Святого Духа, о которой я никогда не слышал. Но это очень отвечало его облику священнослужителя.

Особенно интересно мне было почитать про Пенни — Достопочтенную Мисс Пенелопу Талиаферро Рассел. Она имела степень бакалавра гуманитарных наук, полученную в Джорджтаунском университете, и степень магистра гуманитарных наук университета Уэллсли. В Великой Ассамблее она представляла еще один захолустный уголок, в котором пять шестых избирателей были членами Партии Экспансионистов.

Ниже шли: размер ее перчаток, любимые цветы (по части одежды я, кстати, мог бы ей кое-что посоветовать), любимые духи (конечно же «Вожделение джунглей») и множество других совершенно невинных мелочей. Тут же имелся своего рода комментарий: «Болезненно честна; считает довольно плохо; гордится собственным чувством юмора, которое у нее совершенно отсутствует; соблюдает диету, но безумно любит вишни в сахарной пудре; покровительствует всему живому; обожает печатное слово в любой форме».

Под этим почерком Бонфорта было приписано: «Ах, Завиток, Завиток! Опять подглядываешь, я же вижу».

Возвращая материалы Пенни, я осведомился у нее, видела ли она собственное досье. Она ответила, чтобы я не совал нос не в свое дело. Потом покраснела и извинилась.

Большую часть времени у меня отнимало изучение различных сведений о Бонфорте, но я выкраивал время и на поддержание физического сходства с Бонфортом, проверяя соответствие цвета лица при помощи колориметра, тщательнейшим образом воссоздавал морщинки, добавил две родинки и уложил немногие оставшиеся волосы с помощью электрической щетки. После всего этого будет довольно хлопотно вернуть себе настоящее лицо, но это совсем небольшая цена за отличный грим, его ничем не испортишь, его нельзя смыть даже ацетоном, ему не страшны носовые платки и салфетки. Я даже сделал шрам на «поврежденной» ноге, руководствуясь снимком, который доктор Кэйпек держал в истории болезни. Если бы у Бонфорта была жена или любовница, то по внешним признакам она, наверное, затруднилась бы определить, где настоящий Бонфорт, а где его двойник. Гримировка оказалась делом очень хлопотным, зато теперь я мог больше не беспокоиться о внешнем виде и целиком посвятить себя самой трудной части имперсонизации.

Очень сложным моментом вживания в образ оказалось проникновение в то, о чем Бонфорт думал и во что верил, — изучение политики Партии Экспансионистов. Бонфорт в значительной степени олицетворял собой эту партию, будучи не просто лидером, но ее политическим философом и величайшим деятелем. Когда партия только возникла, она была лишь хрупкой коалицией разноплановых политических групп, которую объединяло лишь убеждение в том, что мирное сосуществование является единственной гарантией дальнейшего развития человечества. Бонфорт дал этой партии теорию и систему этических взглядов, идею того, что гербом имперского знамени должны стать свобода и равные права для всех. Он не уставал твердить, что человеческая раса никогда не должна повторять ошибок, допущенных белой субрасой в Африке и Азии.

Меня очень смутил один факт: ранняя история экспансионистской партии была чрезвычайно похожа на нынешнюю ситуацию в Партии Человечества. Мне и в голову прийти не могло, что партии по мере роста зачастую изменяются так же сильно, как и люди. Я имел кое-какое представление о том, что Партия Человечества начинала свой путь как составная часть экспансионистского движения, но никогда не задумывался об этом. В действительности же иначе и быть не могло: все политические партии, не отличавшиеся достаточной дальновидностью и прозорливостью, под давлением объективных причин исчезли с политической арены, а единственная партия, стоявшая на верном пути, раскололась надвое.

Но я забегаю вперед. Мое политическое образование не было столь последовательным и логичным. Первое время я просто старался усвоить характерные выражения Бонфорта. Самых удачных я нахватался еще по дороге на Марс, но тогда меня в основном интересовало, как он говорит, теперь я старался запомнить, что он говорит.

Бонфорт являлся прирожденным миротворцем, но иногда мог быть весьма ядовит в споре, взять хотя бы речь, с которой он выступил в Новом Париже по поводу скандала, возникшего в связи с подписанием договора с марсианскими гнездами, известного под названием Соглашение Тихо. Именно этот договор был причиной его ухода с поста. Ему удалось протащить его через парламент, но последовавшая за этим реакция политической элиты была такова, что вызвала вотум недоверия правительству Бонфорта. И тем не менее Квирога не осмелился денонсировать договор. Я с особым интересом слушал эту речь, так как не одобрял этот договор. Мысль о том, что марсиане на Земле могут быть наделены теми же правами, что и земляне на Марсе, казалась мне абсурдной — до тех пор, пока я сам не побывал в гнезде Ккаха.

«Уважаемый оппонент, — заявил тогда Бонфорт с раздражением в голосе, — известно ли вам, что лозунг так называемой Партии Человечества «Пусть люди управляют людьми и ради людей» не что иное, как повторение бессмертных слов Авраама Линкольна? Но в то время как ваш голос остается голосом Линкольна, рука превращается в костлявую длань ку-клукс-клана. Ведь подлинным значением этого на первый взгляд невинно выглядящего лозунга является вот что: «Пусть всеми расами Вселенной управляют люди на благо привилегированного меньшинства».

Уважаемый оппонент возражает мне, что, мол, нам от Бога дано право нести свет цивилизации к звездам. Однако это не более чем картинка из сказок дядюшки Римуса — милые негры поют и пляшут, а старый добрый хозяин ласково их опекает. Картина, конечно, трогательная, да только маловата: на ней не поместились ни кнут надсмотрщика, ни бараки рабов ни столб для наказаний!»

Я почувствовал, что становлюсь если не экспансионистом, то, по крайней мере, бонфортистом. Не уверен, что меня очаровала логика его слов, — возможно, они и не были такими уж логичными. Просто я хотел так проникнуться его мыслями и словами, чтобы суметь при случае самостоятельно сказать что-либо подобное.

У меня перед глазами был образчик человека, который знал, чего он хочет и — что встречается гораздо реже — почему он этого хочет

162

Это производило на меня огромное впечатление и вынуждало снова и снова пересматривать собственные взгляды.

Для чего я живу на свете? Ради своего ремесла? Я впитал его с молоком матери, я любил его, был глубоко убежден, пусть это убеждение и иррационально, что ради искусства можно пойти на все. Кроме того, это был единственный доступный мне способ зарабатывать деньги.

На меня никогда не производили особенно сильного впечатления формальные школы этики. В свое время я изучил их предостаточно: общественные библиотеки — очень удобный вид отдыха для актера, оказавшегося на мели. Но потом я понял, что они так же скудны, как поцелуй тещи. Дай любому философу достаточное количество времени и бумагу, и он докажет тебе что угодно.

То же презрение я испытывал и к наставлениям, которые так любят читать детям. Большинство из них — самая настоящая чушь, а те, которые действительно что-то означают, обычно сводятся к прописной истине о том, что хороший мальчик не будит маму по ночам, а хороший мужчина имеет солидный банковский счет и в то же время не пойман за руку. Нет уж, увольте!

Но даже у собак есть определенные нормы поведения. А каковы они у меня? Как я веду себя — или хотя бы как я оцениваю собственное поведение?

«Представление должно продолжаться». Я всегда верил в это и жил этим. Но почему оно должно продолжаться — особенно если знаешь, что порой оно просто ужасно? Видимо, потому, что ты дал согласие участвовать в нем, публика заплатила за развлечение и вправе ждать от тебя, что ты выложишься на полную катушку. Ты обязан сделать это ради них. Ты обязан сделать это ради режиссера, менеджера, продюсера и остальных членов труппы — и ради тех, кто учил тебя ремеслу, и ради тех, чьи бесконечные вереницы уходят в глубь веков, к театрам под открытым небом с сиденьями из камня, и даже ради сказочников, которые, сидя на корточках, изумляли своими рассказами толпу на древних рынках. «Благородное происхождение обязывает...»

Я пришел к выводу, что то же справедливо для любой профессии. Око за око. Строй на ровном месте и на должном уровне. Клятва Гиппократа. Поддерживай команду до конца. Честная работа за честную плату. Такие вещи не нуждаются в доказательствах, они являются составной частью самой жизни — и доказали свою справедливость, пройдя через множество столетий, достигнув отдаленнейших уголков Галактики.

Я вдруг понял, что имел в виду Бонфорт. Если существовали какие-то основополагающие этические понятия, которым не страшны пространство и время, то они были равно справедливы на любой планете, вращающейся вокруг любого солнца. И если люди не поведут себя в соответствии с ними, им никогда не завоевать звезды, потому что этически более совершенная раса уличит их в аморальности и низвергнет.

Целью экспансии являлась добродетель. «Не уступай ни в чем ни на йоту» — это было слишком узкой философией, чтобы она могла оказаться действенной на космических просторах.

Но Бонфорта нельзя было назвать и поборником слепой доброты. «Я не пацифист. Пацифизм — это сомнительного свойства доктрина, пользуясь которой человек получает блага, предоставляемые ему обществом, не желая за них платить, да еще и претендует за свою печестность на терновый венец мученика. Господин спикер, жизнь принадлежит тем, кто не боится ее потерять. Этот билль должен пройти!» С этими словами он встал и пересел на другое место в знак одобрения возможных боевых действий, которые его собственная партия на съезде решительно отвергла.

Или еще: «Признавайте свои ошибки! Всегда признавайте свои ошибки! Ошибается каждый, но тот, кто отказывается признать собственную ошибку, будет не прав всегда! Упаси нас бог от трусов, которые боятся сделать выбор. Давайте встанем и сосчитаем, сколько нас». Эти его слова прозвучали на закрытом собрании партии, но Пенни все же записала их на свой диктофон, а Бонфорт сохранил запись. У Бонфорта вообще очень сильно было развито чувство истории, он всегда тщательно сохранял все материалы. Если бы не это его свойство, мне было бы гораздо тяжелее работать над ролью.

Я пришел к заключению, что Бонфорт — человек моей породы. Он был *личностью*, роль которой я счастлив был играть.

Насколько я помню, по пути к Луне я совсем не спал — с той самой минуты, как пообещал Пенни, что появлюсь на аудиенции, если сам Бонфорт к моменту нашего прибытия не будет способен сделать этого. Я, естественно, не собирался этого делать — какой смысл выходить на сцену с опухшими от бессонницы глазами, — но потом я так заинтересовался тем, что мне предстояло изучить, а в столе у Бонфорта хранилось столько стимулирующих средств, что спать я не стал. Удивительно, сколько можно сделать, если работать по двадцать четыре часа в сутки, когда никто не мешает.

Но незадолго до прилета на Новую Батавию ко мне в каюту явился доктор Кэйпек и заявил:

— Закатайте-ка левый рукав.

— Зачем это? — спросил я.

— А затем, что мы не хотим, чтобы вы, представ перед Императором, шлепнулись в обморок от переутомления. После укола вы будете спать до самого приземления, а тогда я дам вам стимулятор.

— Я так понимаю, вы уверены, что он не придет в себя до аудиенции?

Кэйпек молча сделал мне укол. Я попытался дослушать речь, которую поставил незадолго до этого, но заснул, видимо в считанные секунды. Следующее, что я услышал, был голос Дэка, который уважительно повторял:

— Проснитесь, сэр. Пожалуйста, проснитесь. Мы совершили посадку.

Глава 8

Поскольку Луна не обладает атмосферой, межпланетный корабль в принципе может совершить на ней посадку, не разгружаясь на орбитальной станции. Для этого существуют специальные посадочные доки. Я слышал, что легче поймать падающее яйцо чашкой, чем посадить корабль в такой док, но Дэк был одним из немногих людей, способных на это.

Мне даже не удалось взглянуть на «Томми» в доке. Все, что я смог увидеть, — это стенки пассажирского туннеля-рукава, который сразу же подсоединили к шлюзу нашего корабля, а также внутренности пассажирской капсулы, стремительно умчавшей нас в Новую Батавию. Эти капсулы развивают такую скорость, что при небольшой лунной гравитации где-то в середине пути возникает ощущение невесомости.

Сначала мы направились в отведенные главе оппозиции покои — официальную резиденцию Бонфорта до тех пор, пока (или если) он не станет после грядущих выборов Верховным Министром. Их роскошь так поразила меня, что я даже боялся представить, какой должна быть резиденция Верховного Министра. Мне кажется, что Новая Батавия — самый пышный столичный город из когда-либо существовавших; обидно, что его практически невозможно заметить с поверхности планеты. Правда, это сравнительно небольшой недостаток, если вспомнить, что столица — единственный город во всей Солнечной системе, способный выдержать прямое попадание фузионной бомбы.

У меня не было времени как следует осмотреть покои — меня сразу же стали одевать для аудиенции. У Бонфорта не было лакея даже на Земле, но Родж настоял на том, что он должен помочь мне навести окончательный лоск. Одежда представляла собой древнее придворное платье для официальных приемов: бесформенные брюки с трубообразными штанинами, глупый фрак с раздвоенными фалдами на спине, напомишающими молоток-гвоздодер, причем и брюки и фрак отвратительного черного цвета, сорочка, состоящая из твердого накрахмаленного воротника с «крылышками», нагрудника и галстука-бабочки белого цвета. Сорочка Бонфорта хранилась целиком, в собранном виде — потому что, как я думаю, он просто не пользовался при одевании посторонней помощью. Вообще-то по правилам следовало надевать каждый элемент по очереди, а галстук завязывать так, чтобы было видно, что он завязан от руки. Но трудно ожидать, чтобы человек одинаково хорошо разбирался и в политике, и в старинной одежде.

Хотя одеяние было весьма уродливым, оно создавало прекрасный фон для ленты орденов Вильгельмины, разноцветной диагональю пересекающей мою грудь. Я посмотрел в высокое зеркало и остался доволен: яркая полоса на фоне угольно-черного и мертвенно-белого цветов выглядела очень впечатляюще. Я пришел к выводу, что вполне могу рассчитывать доставить своим внешним видом удовольствие монарху.

Родж Клифтон вручил мне свиток с каллиграфически выписанными именами тех, кого я собирался назначить в новый кабинет; во внутренний карман моего фрака он вложил обычный лист с типографски отпечатанными фамилиями будущих министров — оригинал был послан Джимми Вашингтоном в Императорский Государственный секретариат сразу же после нашего приземления. Император должен был выразить свое глубокое удовлетворение тем фактом, что именно я буду формировать новый кабинет, а я — верноподданнически представить свои скромные соображения насчет его состава. Считалось, что названные мной кандидатуры должны оставаться в секрете до тех пор, пока не будут милостиво одобрены монархом.

На самом же деле выбор давным-давно был сделан. Родж и Билл на протяжении почти всего пути к Луне разрабатывали состав кабинета министров и получили согласие всех кандидатов по специальной государственной линии связи. Я, в свою очередь, тщательнейшим образом изучил фэрли-досье на каждого из кандидатов. Конечно, список все-таки был секретен в том отношении, что средства массовой информации будут ознакомлены с ним только после аудиенции.

Одевшись, я взял свой марсианский жезл. Родж ужаснулся:

— Господи, шеф, нельзя же идти с этим к Императору!

— Почему же нет?

— Но ведь это оружие!

— Это церемониальное оружие. Родж, любой герцог и даже паршивый баронет будут при своих шпагах. А я буду с этой штуковиной.

Он покачал головой:

— Это их обязанность. Разве вы не знаете, отчего так повелось? По официальной исторической версии, эти шпаги символизируют их обязанность защищать своего повелителя. А вы — простолюдин и по традиции должны предстать перед Императором невооруженным.

— Родж, я, конечно, сделаю, как вы считаете нужным, но, по-моему, вы упускаете шанс поймать лису за хвост.

— Не понимаю.

— Как вы думаете, узнают ли на Марсе, чт[о] на аудиенцию я явился с жезлом? Я имею в виду гнезда.

— Думаю, что да.

— Наверняка. Я уверен, стереоприемник[и] есть в каждом гнезде. По крайней мере, в гнез[-] де Ккаха их было множество. Они так же вни[-] мательно следят за новостями Империи, как [и] мы. Разве не так?

— Так. По крайней мере, старшие.

— Если я явлюсь с жезлом, они узнают о[б] этом, если я появлюсь без него, они тоже узна[-] ют. А ведь это имеет для них большое значение[,] это связано с правилами пристойности. Ни оди[н] взрослый марсианин никогда не появится вн[е] гнезда без своего жезла. Ведь марсиане и ран[ь-] ше представали перед Императором с жезлам[и,] не так ли?

— Да, но ведь вы...

— Вы забываете, что теперь я *марсианин*.

Лицо Роджа внезапно прояснилось. Я тем вре[-] менем продолжал:

— Я не просто Джон Джозеф Бонфорт, я — Ккаххерр из гнезда Ккаха. И если я появлю[сь] на официальной церемонии без жезла, я совер[-] шу более чем непристойный поступок, и, чест[-] но говоря, не могу представить, что произойде[т,] когда гнезда узнают об этом. Я еще недостато[ч-] но хорошо изучил обычаи марсиан. А тепер[ь] давайте рассмотрим этот вопрос с другой то[ч-] ки зрения. Я иду по центральному проходу [к] Императору с жезлом в руке, я — марсиански[й] гражданин, который вот-вот будет назначен Е[е] Императорским Величеством Премьер-Мин[-]

...ром. Как по-вашему, какое впечатление это произведет на гнезда?

— Да, боюсь, я недостаточно хорошо продумал этот вопрос, — медленно ответил он.

— Я бы тоже не подумал об этом, если бы не был поставлен перед необходимостью решать, иметь мне при себе жезл или не иметь. Но неужели вы думаете, что мистер Бонфорт не продумал всех возможностей задолго до того, как решил вступить в гнездо? Родж, мы поймали тигра за хвост, и теперь единственное, что нам остается, — это вскочить ему на спину и мчаться вперед. Мы не можем отступать.

В этот момент появился Дэк. Он принял мою сторону и даже, казалось, был удивлен, что Клифтон мог ожидать чего-либо другого.

— Конечно, Родж, мы создаем совершенно новый прецедент, но, мне кажется, он не последний в нашей эпопее.

Впрочем, когда Дэк увидел, как я держу жезл, он в ужасе вскричал:

— Эй, осторожнее! Вы что, собираетесь убить кого-нибудь? Или просто продырявить стену?

— Я ведь ничего не нажимаю.

— Да будет благословен Господь за его маленькие милости! Ведь он у вас даже не поставлен на предохранитель. — Дэк осторожно взял жезл у меня из рук и сказал: — Поворачивайте вот это кольцо, а этот рычаг отгибайте сюда, и жезл становится просто палкой. Поняли?

— О, прошу прощения.

Они доставили меня во дворец и передали в распоряжение конюшего Императора Виллема, полковника Патила, индуса с умильным выражением лица и прекрасными манерами, одетого

171

в роскошный мундир имперских космически
войск. Его почтительный поклон был тщатель
по рассчитан: в нем подчеркивалось и то, что
меня собираются назначить Верховным Мини
стром, и то, что я еще не назначен, и что я
иерархической точки зрения выше его, но все ж
человек гражданский, а также и то, что на пле
че его красовался императорский аксельбант.

Он взглянул на мой жезл и мягко заметил:

— Это ведь марсианский жезл, не так ли, сэр
Очень интересно. Вам, наверное, лучше оставит
его здесь, он будет в полной сохранности.

Я ответил:

— Я возьму его с собой.

— Сэр? — Он недоумевающе поднял брови
ожидая, что я тут же исправлю свою очевидную
ошибку.

Я порылся в бонфортовских словесных штам
пах и выбрал один из них, с помощью которог
он давал понять, что настаивает на своем:

— Дружище, вы уж занимайтесь своим де
лом, а я я буду заниматься своим.

Лицо его сразу приобрело ледяное выражение

— Очень хорошо, сэр. Прошу вас сюда, по
жалуйста.

У входа в тронный зал мы остановились
Трон, расположенный на возвышении в дальнем
конце зала, был пуст. По обе стороны от нег
толпились знать и придворные. Видимо, Патил
дал какой-то незаметный сигнал: не успели мь
подойти, как грянул Гимн Империи. Все засты
ли. Патил оцепенел, как внезапно выключенны
робот. Я замер в усталой позе, приличествую

щей утомленному человеку моего возраста. Окаменевшие придворные стали похожи на манекены в витрине роскошного магазина.

К концу гимна перед нами возник и он сам — Виллем, Принц Оранский, Герцог Насау, Великий Герцог Люксембургский, Глава Рыцарей Священной Римской Империи, Верховный Адмирал Имперских Сил, Советник Марсианских Гнезд, Покровитель Бедноты и Божьей Милостью Император Планет и Межпланетного Пространства.

Император опустился на трон при последних звуках гимна. Он кивнул собравшимся в ответ на их салют, и придворные расслабились. Патил ретировался, и я, зажав жезл под мышкой, начал свое шествие к трону, немного прихрамывая, невзирая на слабое притяжение. Путь к трону очень напоминал мне путь во внутреннее гнездо Ккаха, за исключением того, что сейчас я не был напуган. Перед глазами плавали круги, в ушах стоял какой-то тонкий звон.

Дойдя до первого возвышения, я поклонился, затем отвесил низкий поклон у самых ступенек трона. На колени я не вставал: это надлежало делать только аристократам. Иногда в стереокино и театре по незнанию коленопреклонение в присутствии царственной особы является обязательным для всех, поэтому Родж прежде всего проэкзаменовал меня в знании этикета.

— Аве, Император! — Будь я обычным подданным, я бы сказал «Рекс», но я был американцем. Мы обменялись с ним несколькими фразами на школьной латыни: он спросил меня, зачем я явился, а я напомнил ему, что он сам призвал меня пред свои очи, и т. д. После этого он перешел на англо-американский, на котором говорил с легким европейским акцентом:

— Ты верно служил нашему отцу, и теперь мы надеемся, что так же верно будешь служить нам. Что ты можешь ответить на это?

— Желание моего Императора — мое желание, повелитель.

— Приблизься.

Может, я немного переборщил, но ступеньки были довольно высокими, а нога моя разболелась в самом деле: психосоматическая боль ничем не лучше настоящей. Я чуть не упал, Виллем вскочил с трона и поддержал меня под руку. По залу пронеслись ахи и охи. Он улыбнулся мне и тихонько произнес:

— Спокойно, старина. Постараемся закончить это представление как можно скорее.

Император подвел меня к скамеечке, расположенной перед троном, и я уселся на нее, невольно нарушив правила приличия — на мгновение раньше, чем он сам вновь опустился на трон. Затем он протянул руку за свитком, и я передал его. Развернув свиток, он сделал вид, будто внимательно изучает его.

В зале теперь раздавалась негромкая музыка, и двор потихоньку развлекал себя сам. Женщины смеялись, благородные джентльмены отпускали в их адрес комплименты, мелькали веера. Почти никто не двигался с места, но в толпе было заметно шевеление. Среди придворных сновали с подносами маленькие пажи, похожие на микеланджеловских херувимов, которые предлагали присутствующим напитки и сладости. Один из них с поклоном протянул поднос Виллему, и тот взял с него конфету, не отрываясь от свитка. Затем паж предложил поднос мне, и я тоже взял конфету, понятия не имея, прилично это или нет. В руке у меня оказалась замечательная шоколадная конфета без начинки, какие умеют делать лишь в Голландии.

Через некоторое время я сообразил, что многих придворных знаю по фотографиям. Здесь присутствовало большинство ничем не занятых аристократов Земли, даже членов королевских фамилий, пребывающих под прикрытием своих второстепенных титулов герцогов или графов. Говорили, что Виллем содержит их на довольствии, чтобы придать блеск своему двору. Некоторые считали, будто он специально держит их поближе к себе, чтобы они были подальше от политики и других вредных занятий. Скорее всего, в какой-то степени верным было и то и другое. Были здесь и дворяне некоролевского происхождения, представляющие дюжину наций. Некоторым из них приходилось работать, чтобы прокормиться.

Я поймал себя на том, что пытаюсь оттопырить губы по-габсбургски и по-виндзорски задрать нос.

Наконец Виллем опустил свиток. Музыка и разговоры мгновенно прекратились. В полной тишине он произнес:

— Твои предложения полностью удовлетворяют нас. Мы утверждаем список.

— Вы очень милостивы, Ваше Величество.

— Мы известим тебя о назначении кабинета. — Он поклонился мне и прошептал: — Не вздумай спускаться по этим ступенькам спиной вперед. Я сейчас исчезну.

— О, вы очень добры, сир, — прошептал я в ответ.

Он встал, следом за ним вскочил и я. Он быстро удалился, шурша мантией. Я обернулся и заметил несколько удивленных взглядов, устремленных на меня. Но тут снова заиграла музыка, и я получил возможность удалиться, в то время как придворные вновь занялись вежливыми разговорами.

Не успел я выйти из зала, как возле меня появился Патил:

— Прошу вас, сэр. Сюда, пожалуйста.

Представление было окончено, теперь мне предстояла настоящая аудиенция.

Он провел меня через небольшую дверь, затем по пустынному коридору, и мы оказались в обычном деловом кабинете. Единственное, что в нем было королевского, — укрепленный на стене щит с гербом Дома Оранских и с их бессмертным девизом: «Воздвигаю!» Здесь же стоял большой письменный стол, заваленный бумагами. Посреди стола лежал оригинал списка, копия которого находилась у меня в кармане. На стене в медной раме висел групповой портрет покойной императрицы с детьми. У одной из стен стоял диванчик, а рядом с ним располагался небольшой бар. В кабинете была еще пара кресел, а у письменного стола стояло кресло-качалка. Остальная мебель вполне могла бы принадлежать к обстановке офиса какого-нибудь частного врача.

Патил оставил меня одного, выйдя и закрыв за собой дверь. У меня не хватило даже времени решить, прилично будет или нет, если я сяду, так как почти в тот же миг в кабинет вошел Император.

— Привет, Джозеф, — бросил он мне. — Подожди еще минутку!

Он быстро прошел через кабинет и исчез за другой дверью. За ним следовала пара слуг, которые на ходу раздевали его. Вскоре он вернулся в кабинет, застегивая манжеты делового костюма.

— Ты прошел кратчайшим путем, а мне пришлось добираться окружным. Хочу заказать дворцовому инженеру сквозной туннель из тронного зала сюда, в кабинет. А то приходится каждый раз огибать три стороны квадрата — по коридорам, где часто попадаются люди, а я разодет, словно попугай.

— Вряд ли, — вежливо заметил я, — существует что-либо более нелепое, чем этот обезьяний фрак, который сейчас на мне, сир.

Он пожал плечами:

— Тем более нам обоим следует отвлечься от условностей и неудобств нашей работы. Ты еще не налил себе? — Он взял со стола список членов кабинета министров. — Тогда налей и себе и мне.

— Что вы будете пить, сир?

— А? — Он поднял взгляд и внимательно посмотрел на меня. — Как обычно. Скотч со льдом, конечно.

Я ничего не сказал и налил два стакана, добавив в свой немного воды. По спине у меня пробежал холодок: если Бонфорт знал, что Император всегда пьет скотч со льдом, то это должно быть отмечено в досье. Но там этого не было.

Виллем взял стакан, пробормотал: «Горячих двигателей» — и продолжал изучать список. В конце концов он поднял голову и спросил:

— Что ты думаешь насчет этих ребят, Джозеф?

— Сир? Само собой, это только костяк кабинета. — По возможности мы назначали по два портфеля в одни руки, а сам премьер Бонфорт должен был стать также министром обороны и финансов. В трех случаях мы назначили министрами заместителей министров, ушедших в отставку: по делам исследований, населения и внеземных территорий. Люди, которые со временем должны были войти в постоянный кабинет, требовались нам сейчас для проведения предвыборной кампании.

— Да-да, второй состав. М-м-м... А что ты можешь сказать насчет Брауна?

Я удивился. По идее, Виллем должен был принять список без каких-либо комментариев. Самое большее, чего я мог опасаться, — это недолгой болтовни с ним о совершенно посторонних вещах. Болтовни я не боялся — человек может заслужить репутацию блестящего собеседника тем, что дает другим выговориться до конца.

Лотар Браун был из тех, кого обычно называют «молодой, подающий надежды государственный деятель». Все, что я знал о нем, проистекало из фэрли-досье и рассказов Роджа и Билла. Он вышел на политическую арену уже после того, как Бонфорт лишился поста, и поэтому никогда еще не занимал министерской должности. До сих пор он играл только второстепенные роли на партийных собраниях. Билл утверждал, что Бонфорт намеревался дать ему возможность быстро продвинуться по служебной лестнице и что прекрасной возможностью опробовать крылышки для него будет пост министра во временном правительстве. Его кандидатуру выдвинули на пост министра внешних сношений.

Родж Клифтон, казалось, был не совсем уверен: сначала он внес в список Энджела Хесуса де ля Торре-и-Кереза, бывшего заместителя министра. Но Билл заметил, что если парень не подходит для государственной деятельности, то самое лучшее проверить это сейчас, во временном правительстве, где он не сможет нанести большого вреда, и Клифтон сдался.

— Браун? — сказал я. — Ну что ж, это подающий надежды юноша. Очень, очень талантлив.

Виллем ничего не сказал и снова углубился в список. Я лихорадочно пытался вспомнить, что еще было написано в досье Брауна. Талантливый... трудолюбивый... аналитический ум. Было там что-нибудь сказано о его отрицательных качествах? Нет... разве что «чересчур приветлив». Впрочем, приветливость вовсе не портит человека. Однако Бонфорт ничего не отметил насчет таких достоинств, как верность и честность. Может быть, это ничего и не означает, потому что фэрли-досье не собрание заметок о характере человека.

Император отложил список.

— Джозеф, ты собираешься сразу включать марсианские гнезда в состав Империи?

— Конечно, но только после выборов, сир.

— Перестань, ты прекрасно знаешь, что я не ожидаю от тебя этого до выборов. А разве ты забыл, как звучит мое имя? Слышать «сир» из уст человека, который старше тебя на шесть лет, да еще в подобной обстановке, просто глупо.

— Хорошо, Виллем.

— Мы с тобой оба знаем, что в принципе я не должен интересоваться политикой. Но мы также знаем, что это неумно. Джозеф, ведь ты многие годы, с тех пор как лишился поста, провел в попытках добиться того, чтобы гнезда изъявили желание войти в состав Империи. — Он указал на мой жезл. — И теперь, мне кажется, тебе удалось добиться этого. Если вы победите на выборах, ты сможешь убедить Великую Ассамблею предоставить мне право провозгласить присоединение марсиан к Империи. Так?

Я немного подумал.

— Виллем, — сказал я медленно, — вы ведь прекрасно знаете, что именно это мы и собирались сделать. И у вас, видимо, есть какие-то причины вновь поднимать этот вопрос.

Он поболтал виски в стакане и уставился на меня с видом зеленщика из Новой Англии, который собирается отказать одному из своих клиентов на лето.

— Ты просишь моего совета. Но Конституция предусматривает совершенно противоположное — это ты должен давать мне советы, а не я тебе.

— Я приму это к сведению, Виллем.

Он рассмеялся:

— Ты вообще чертовски редко обещаешь что-нибудь. Хорошо, положим, ты победил на выборах и снова стал Премьер-Министром, но с таким незначительным перевесом, что добиться успеха в голосовании за принятие гнезд в состав Империи удалось с большим трудом. В этом случае я не советовал бы ставить вопрос о вотуме доверия. Если ты проиграешь, то лишаешься всего. Лучше постараться усидеть на этом месте весь срок.

— Почему, Виллем?

— Потому что мы оба — терпеливые люди. Понимаешь? — Он указал на герб. — «Воздвигаю!» Это не просто пышный девиз, не пристало королю стремиться к пышности, его дело — сберегать, приумножать, умиротворять. С конституционной точки зрения для меня не имеет значения, удержишься ты у власти или нет. Но для меня имеет значение единство Империи. Мне кажется, если у тебя ничего не получится с марсианским вопросом сразу же после избрания, надо выждать время, потому что твоя политика во многих других отношениях обещает быть очень популярной. И когда ты будешь обладать подлинным большинством голосов, в один прекрасный день ты явишься ко мне и уведомишь, что я могу добавить ко всем своим прочим титулам еще и титул Императора Марса. Поэтому не торопись.

— Я подумаю об этом, — осторожно сказал я.

— Подумай. Кстати, как насчет системы ссылки?

— Мы собираемся отменить ее сразу же после выборов. — На этот вопрос я мог отвечать твердо, зная, как Бонфорт ненавидит нынешнюю каторжную систему.

— Но на вас будут нападать за это.

— Ничего. Мы наберем достаточно голосов.

— Рад слышать, что ты сохранил свои убеждения, Джозеф. Мне тоже никогда не импонировало то, что знамя Оранских развевается над кораблями со ссыльными. А торговлю вы собираетесь сделать абсолютно свободной?

— После выборов — да.

— А как вы собираетесь возместить убытки?

— Мы уверены, что после этого промышленность и торговля начнут развиваться так быстро, что это сразу же компенсирует недостачу таможенных пошлин.

— А что будет, если вы окажетесь не правы?..

Что будет, я не знал. Моя подготовка не включала в себя дискуссии на эту тему, а экономика всегда была для меня темным лесом. Я улыбнулся:

— Виллем, я обязательно обращу внимание на эту проблему. Но вся программа Партии Экспансионистов зиждется на той предпосылке, что свобода торговли, свобода перемещений, всеобщее равенство и гражданство, общая платежная система и минимум имперских законов и ограничений пойдут на благо не только подданным Империи, но и самой Империи. Если вам понадобятся средства, мы их изыщем, но не с помощью раздробления Империи на мелкие округа. — Все, за исключением первой фразы, было подлинно бонфортовским, только слегка приспособленным к данной теме.

— Прибереги свои речи для избирательной кампании, — проворчал он. — Я просто спросил. — Он снова взял в руки список. — Ты уверен, что эти люди — именно те, кого ты хотел бы иметь в правительстве?

Я протянул руку, и Император передал мне список. Проклятье, да ведь ясно как день, что он пытался иносказательно, не нарушая конституционной морали, дать мне понять, что Браун, по его мнению, не годится в правительство. Однако у меня не было абсолютно никаких оснований перекраивать список, который в поте лица составляли Родж и Билли.

С другой стороны, этот список был составлен не Бонфортом. Он представлял собой то, что, по их мнению, составил бы Бонфорт, будь он в здравом уме.

Мне вдруг очень захотелось попросить тайм-аут и посоветоваться с Пенни — что она думает по поводу этого Брауна?

Поразмышляв, я взял со стола ручку и вычеркнул из списка фамилию Браун, вписав вместо нее «де ля Торре» печатными буквами. Рисковать имитировать почерк Бонфорта я еще не решался. Император сказал:

— Вот теперь это выглядит как приличная команда! Удачи тебе, Джозеф. Она тебе еще пригодится.

На этом аудиенция, как таковая, закончилась. Я начал подумывать, что пора уносить ноги, но от Императора нельзя уйти просто так. Он пожелал показать мне свою мастерскую и новую модель поезда. На мой взгляд, он, как никто другой, много сделал, чтобы возродить это древнее увлечение, хотя, с моей точки зрения, это не занятие для взрослого человека. Но я, конечно, рассыпался в вежливых похвалах в адрес его нового игрушечного локомотива.

— Если бы не обстоятельства, — сказал он, вставая на четвереньки и заглядывая во внутренности игрушечного двигателя, — я бы мог стать отличным механиком или машинистом. Но высокое рождение не позволило мне заняться любимым делом.

— Вы что, действительно предпочли бы подобную работу своему нынешнему положению?

— Не знаю. То, чем я занимаюсь, тоже неплохо, — все-таки монарх. Рабочий день недолог, плата относительно неплохая, условия работы вполне сносные, если не принимать во внимание возможность революции, а моей династии всегда на них везло. Но большая часть того, что я должен делать, невыносимо скучна, с этим справился бы любой второсортный актер. Быть императором вообще очень странное занятие, Джозеф. Никогда не соглашайся на это.

— Боюсь, уже поздновато, даже если бы я и захотел.

Он что-то поправил в механизме игрушки.

— Подлинное мое предназначение — это не дать тебе сойти с ума.

— Что?

— Ситуационный психоз — профессиональное заболевание глав государств. Мои предшественники по королевскому ремеслу, те, кто действительно правил, почти все были немножечко того. А возьми, к примеру, ваших американских президентов: их положение иногда требовало, чтобы их убивали еще во время первого срока. А вот мне не нужно ничем управлять, для этого у меня есть профессионалы вроде тебя. Но тебе всегда можно тихонечко уйти, пока дело не приняло совсем плохой оборот. А в это время старый Император — он почти всегда старый, потому что мы обычно восходим на трон тогда, когда нормальные люди уходят на пенсию, — так вот, старый Император всегда тут как тут, олицетворяя собой преемственность власти, символизируя государство, в то время как вы, профессионалы, заняты тем, что выбираете нового на место прежнего. — Он печально моргнул. —

Моя работа, конечно, не такая уж увлекательная, но полезная.

Потом он еще немного рассказал мне о своих игрушечных поездах, и мы вернулись в кабинет. Я решил, что теперь-то уж он отпустит меня. И действительно, он сказал:

— Наверное, тебе пора снова за работу. Перелет был, наверное, тяжелым?

— Да нет, не очень. Я все время работал.

— Так я и думал. Кстати, кто вы такой?

Потрясения бывают разные. Полисмен внезапно хлопает вас сзади по плечу, вы делаете шаг с лестницы, а следующей ступеньки нет. Ночью вы вываливаетесь из кровати во сне. Муж вашей любовницы внезапно возвращается домой... Я бы предпочел сейчас пережить любое из этих потрясений и даже несколько в любой комбинации, чтобы только не слышать этого простого вопроса.

— Сир?

— Да перестаньте, — нетерпеливо отмахнулся он. — Просто скажите мне правду. Я уже примерно час назад догадался, что вы не Джозеф Бонфорт, хотя вы могли бы провести и его собственную мать. У вас даже жесты точь-в-точь как у него. Но кто же вы такой?

— Меня зовут Лоуренс Смит, Ваше Величество, — понуро сказал я.

— Не теряйте присутствия духа, милейший. Если бы я хотел, то мог бы позвать охрану давным-давно. Вас, случайно, послали не для того, чтобы убить меня?

— Нет, сир. Я ваш верноподданный.

— Странная у вас манера выражать преданность своему монарху. Ну хорошо, налейте себе еще, садитесь и все мне расскажите.

И я рассказал ему все, абсолютно все, до самой последней подробности. На это ушло значительно больше одного стакана, и в конце рассказа я уже чувствовал себя значительно лучше. Он страшно рассердился, когда я рассказал ему о похищении, но, когда я описал, что похитители сделали с сознанием Бонфорта, гневу Императора не было предела. Он разъярился так, что даже лицо его потемнело.

Наконец он тихо спросил:

— Так, значит, он все-таки придет в себя через несколько дней?

— Так утверждает доктор Кэйпек.

— Не давайте ему работать, пока он не выздоровеет полностью. Это бесценный человек. Да вы и сами прекрасно это знаете. Он один стоит шести таких, как вы и я, вместе взятые. Так что продолжайте свою игру до тех пор, пока он не поправится. Он нужен Империи.

— Да, сир.

— Перестаньте вы твердить «сир» да «сир». Раз уж вы замещаете его, так называйте меня просто Виллем, как он. А знаете, как я раскусил вас?

— Нет, си... нет, Виллем.

— Он звал меня Виллемом уже лет двадцать. Мне сразу показалось странным, что он перестал называть меня по имени в личной беседе, хотя бы даже и по официальному делу. Но сначала я ничего не заподозрил. Впрочем, хотя ваша игра и была безупречной, некоторые детали заставили меня насторожиться. А когда мы пошли смотреть мои поезда, я убедился окончательно, что передо мной другой человек.

— Прошу прощения, но почему?

— А потому, что вы были *вежливы*, друг мой! Я и раньше имел обыкновение показывать ему свои игрушки, и он всегда становился при этом совершенно невыносимым, поскольку считает это непотребным времяпрепровождением для взрослого человека. Это всегда превращалось в целое маленькое представление, от которого мы оба получали большое удовольствие.

— О! Я и не знал.

— Откуда же вам знать?

Тогда я еще подумал, что должен был знать, если бы не это проклятое скупое фэрли-досье... И только позже я понял, что досье четко выполняло свою функцию в полном соответствии с теорией, которая лежала в основе всего этого фэрли-архива. Ведь он должен был предоставлять Бонфорту информацию о малознакомых людях. А Императора тот знал хорошо. Разумеется, Бонфорту и не требовалось заносить в досье сугубо личные сведения о Виллеме. Он, скорее всего, счел бы просто непорядочным иметь заметки интимного свойства о своем монархе там, куда мог сунуть нос любой из его клерков.

Я не понял совершенно очевидной вещи, хотя, даже если бы и понял ее, досье бы от этого полнее не стало.

А Император тем временем продолжал:

— Ваша работа просто изумительна. И после того как вы рискнули провести марсианские гнезда, я не удивляюсь, что вы решили обвести вокруг пальца и меня. Скажите, мог я когда-нибудь видеть вас по стерео или еще где-нибудь?

Когда Император спросил, кто я такой, я назвал свое настоящее имя; теперь же я довольно стыдливо раскрыл свой сценический псевдоним. Он молча уставился на меня, затем воздел руки и воскликнул:

— Да что вы говорите?!

Я был тронут:

— Так, значит, вы слышали обо мне?

— Слышал о вас? Да ведь я один из самых горячих ваших поклонников! — Он еще раз пристально посмотрел на меня. — Нет, вы все-таки как две капли воды похожи на Бонфорта. Даже не верится, что на самом деле вы — Лоренцо.

— Но это действительно так.

— Я верю, верю. А помните тот мюзикл, ну тот, где вы играете бродягу? Сначала вы там пытаетесь подоить корову, а в конце концов едите из кошачьего блюдечка, но даже кошка отгоняет вас прочь?

Я сказал, что помню.

— Я свою пленку с этим мюзиклом затер до дыр. Эта вещь заставляет меня смеяться и плакать одновременно.

— Так и должно быть, — согласился я. А потом рассказал, что своего героя старался копировать с одного великого артиста прошлого столетия. — Но вообще я предпочитаю драматические роли.

— Такие, как эта?

— Э-э-э... не совсем. Этой ролью я уже сыт по горло. Надолго меня не хватит.

— Да, похоже на то. Ладно, тогда скажите Роджеру Клифтону... Нет, не говорите ему ничего. Лоренцо, я думаю, от того, что кто-нибудь узнает о нашем с вами разговоре, никому пользы не будет. Если вы расскажете о нем

Клифтону, даже передадите ему, что я просил не беспокоиться, он все равно будет волноваться. А ведь ему многое предстоит сделать. Так что давайте-ка никому ничего не скажем, а?

— Как пожелает мой Император.

— Бросьте вы это. Просто будем держать это дело в тайне, потому что так лучше. Жаль, что я не могу навестить больного дядюшку Джо. Хотя вряд ли я смог бы ему чем-нибудь помочь. Правда, некоторые считают, что прикосновение короля творит чудеса... Так что будем держать язык за зубами и делать вид, что я вас не раскусил.

— Хорошо... Виллем.

— А теперь, я думаю, вам лучше идти. Я и так держу вас очень долго.

— Сколько вам будет угодно.

— Наверное, придется позвать Патила, чтобы он вас проводил. Или вы знаете дорогу? Нет, секундочку. — Он стал лихорадочно рыться в ящике стола, шепча себе под нос: — Опять эта девчонка наводила тут порядок. А, нет, вот он. — Он извлек из ящика небольшой блокнот. — Может быть, мы больше не увидимся, так не будете ли вы столь любезны оставить мне свой автограф на память?

Глава 9

Роджа и Билла я застал нетерпеливо расхаживающими в верхней жилой комнате. Не успел я появиться на пороге, как Корпсмен бросился ко мне:

— Где вы, черт вас возьми, пропадали?

— У Императора, — холодно ответил я.

— Вы проторчали у него раз в пять или шесть дольше, чем следовало бы!

Я не стал отвечать ему. Со времени нашей последней стычки Корпсмен и я продолжали сотрудничать, но лишь по насущной необходимости. Мы работали вместе, однако топор войны не был зарыт в землю. Я вполне мог ожидать, что он еще вонзится мне между лопаток. Каких-либо особых шагов к примирению я не делал, да и не видел в том нужды.

Я даже представить себе не мог, что поссорюсь с кем-либо из остальных членов нашей команды. Однако Корпсмен своим поведением выводил меня из себя все больше и больше. Я был профессионалом, который выполнял сложнейшую работу. А ведь мастера своего дела не входят с черной лестницы, к ним всегда относятся с уважением. Поэтому я просто проигнорировал его слова и спросил Роджа:

— Где Пенни?

— С *ним*. Там же Дэк и доктор.

— Его уже перенесли сюда?

— Да. — Клифтон поколебался. — Мы положили его в комнате, которая находится рядом с вашей спальней. Это единственная комната, где мы можем обеспечить ему полный покой и необходимый уход. Надеюсь, вы не имеете ничего против?

— Конечно нет.

— Вас это ничуть не стеснит. Две спальни, как вы, наверное, уже заметили, соединяются между собой гардеробной, но дверь в нее мы заперли. Она совершенно звуконепроницаема.

— Отлично. Как он себя чувствует?

Клифтон нахмурился:

— Лучше. В общем, немного лучше. Большую часть времени он в полном сознании. — Он поколебался. — Если хотите, можете зайти к нему.

Некоторое время я молчал.

— А что думает доктор Кэйпек по поводу его скорого появления на людях?

— Трудно сказать. Всему свое время.

— Но все-таки. Дня три-четыре? На этот срок можно было бы отменить все встречи, и тогда я потихоньку ушел бы в тень... Родж, я с огромным удовольствием посетил бы его, чтобы выразить свое уважение, но считаю, что такой визит был бы просто вреден до тех пор, пока я не появлюсь в его роли последний раз. Встреча с ним может повредить моей имперсонизации.

Однажды я уже сделал ужасную ошибку, пойдя на похороны собственного отца. После этого в течение многих лет, стоило мне вспомнить его, я ясно представлял его лежащим в гробу. И только со временем я начал видеть его таким, каким он был при жизни: мужественным, властным человеком, который всегда направлял меня твердой рукой и учил мастерству. Я опасался похожего эффекта в результате моей встречи с Бонфортом. До сих пор я играл роль здравствующего человека в расцвете сил — такого, каким видел его на экране. И я боялся, что если увижу его больным, то воспоминание об этом будет неотступно преследовать меня и мешать делать свое дело.

— Я не настаиваю, — ответил Клифтон. — Вам виднее. Мы, конечно, можем держать вас вдали от публики, но я бы хотел, чтобы вы довели роль до конца и выступали за него до тех пор, пока он не поправится.

Я чуть было не ляпнул, что Император говорил мне то же самое, но вовремя спохватился. Потрясение от того, что Виллем раскусил меня, немного выбило меня из колеи. Вспомнив об Императоре, я вспомнил и еще об одном деле. Я вынул из кармана измененный список кабинета и вручил его Корпсмену.

— Это одобренный Его Величеством вариант для репортеров, Билл. В списке есть одно изменение: Брауна заменил де ля Торре.

— Что?

— Хесус де ля Торре вместо Лотара Брауна. Так пожелал Император.

Клифтон потерял от изумления дар речи. Корпсмен казался одновременно и удивленным и рассерженным.

— Какая, собственно, ему разница? У него, черт побери, нет никакого права вносить изменения!

Клифтон медленно проговорил:

— Билл прав, шеф. Как юрист, специальностью которого является конституционное право, могу подтвердить, что утверждение Императором состава правительства является актом чисто формальным. Вам не следовало разрешать ему изменять что-либо.

Мне захотелось прикрикнуть на них, и только врожденное хладнокровие Бонфорта удержало меня от этого. Меня так и подмывало сказать Роджу и Биллу, что, если бы Император не был по-настоящему благородным человеком, подлинным королем в лучшем смысле слова, мы все сейчас попали бы в ужасный переплет только из-за того, что они не сумели снабдить меня всей необходимой информацией. Вместо этого я раздраженно произнес:

— Изменение внесено, и закончим на этом.

Корпсмен завопил:

— Черт побери! Я уже два часа назад передал журналистам первоначальный вариант списка. Теперь вам придется давать официальное опровержение. Родж, может быть, тебе лучше связаться с дворцом и...

— Тихо! — сказал я.

Корпсмен сразу заткнулся. Тогда я немного сбавил тон:

— Родж, может, вы и правы с точки зрения закона. Я знаю только одно: Император поставил кандидатуру Брауна под вопрос. А теперь, если кто-нибудь из вас хочет пойти к Императору и поспорить с ним, милости прошу. Но сам я никуда идти не намерен. Я собираюсь сейчас же выбраться из этого дурацкого костюма, как следует выпить и лечь спать.

— Постойте, шеф, — запротестовал Клифтон. — Вы еще должны выступить на пять минут по Всемирной сети с обнародованием состава нового кабинета.

— Сами обнародуйте. Ведь вы мой первый заместитель.

Он заморгал:

— Хорошо.

Корпсмен упрямо спросил:

— Так как же с Брауном? Ведь ему уже обещан этот пост.

Клифтон задумчиво посмотрел на него:

— Что-то я не припомню такого обещания, Билл. Его, как и остальных, просто спросили, хочет ли он и дальше заниматься государственной деятельностью. Вы это имели в виду?

Корпсмен поколебался, как актер, который плохо выучил роль.

— Вы правы. Но ведь это граничит с обещанием.

— Нет, до того как сделано публичное заявление — не граничит.

— Но я уже сказал вам, что публичное заявление было сделано два часа назад.

— М-м-м... Билл, боюсь, вам придется снова собрать репортеров и сказать им, что произошло недоразумение. Или я могу созвать их и сообщить, что по ошибке им был вручен первоначальный вариант списка, не одобренный окончательно мистером Бонфортом. Но мы должны исправить положение, прежде чем состав кабинета попадет во Всемирную сеть.

— Ты что же, хочешь сказать, что ему это сойдет с рук?

Под «ним», судя по всему, Билл скорее подразумевал меня, нежели Виллема, но ответ Роджа говорил об обратном:

— Да, Билл, сейчас нет времени вызывать конституционный кризис. Овчинка не стоит выделки. Так кто же объявит о недоразумении? Ты или я?

Билл нахмурился, пожал плечами и сказал:

— Ладно, я сделаю это. Только все должно быть сформулировано идеально. Не дай бог, появится повод для кривотолков.

— Спасибо, Билл, — ласково сказал Родж.

Корпсмен собрался уходить. Я окликнул его:

— Билл! Раз уж вы собираетесь встретиться с репортерами, у меня для них есть еще одно заявление.

— Какое еще заявление?

— Ничего особенного. — Дело было в том, что я безумно устал от роли и того напряжения всех душевных сил, которое постоянно испытывал, играя ее. — Просто скажите им, что мистер Бонфорт простудился и врач предписал ему некоторое время полежать в постели и отдохнуть.

Корпсмен фыркнул:

— Лучше я назову это пневмонией.

После того как он ушел, Родж повернулся ко мне и сказал:

— Не расслабляйтесь, шеф. В нашем деле несколько дней могут решить очень многое.

— Родж, я действительно начинаю сдавать. Можете отметить это во время вечерней передачи.

— Вот как?

— Я намерен улечься в постель. Действительно, почему Бонфорт не может заболеть и оставаться в постели до тех пор, пока не окрепнет и не сможет начать заниматься делами? Ведь каждый раз, когда я появляюсь на людях, все более вероятно, что кто-нибудь может заметить неладное. Да еще всякий раз этот идиот Корпсмен находит к чему придраться. Актер не может играть с полной отдачей, если кто-то постоянно говорит ему под руку. Так что давайте на этом закончим и опустим занавес.

— Успокойтесь, шеф. Отныне я постараюсь держать Корпсмена подальше от вас.

— Нет, Родж, я уже решил. Я вовсе не собираюсь покидать вас. Я останусь здесь до тех пор, пока мистер Бонфорт сам не сможет встречаться с людьми на случай экстренной необходимости. — Тут я со смущением вспомнил, что Император просил меня не отступать и довести дело до конца. — Но меня действительно лучше держать в тени. Ведь до сих пор все шло нормально, не правда ли? Наши противники знают, что на церемонию принятия в гнездо явился не Бонфорт, но не осмеливаются заявить об этом в открытую. Возможно, они подозревают, что и сегодня на аудиенцию явился двойник, но они уже не уверены в этом: а вдруг Бонфорт достаточно быстро оправился и смог лично предстать перед Императором?

Клифтон внезапно смутился:

— Боюсь, они абсолютно уверены, что вы двойник, шеф.

— Что?

— Мы немного приукрасили состояние дел, чтобы не нервировать вас. Док Кэйпек с самого начала был уверен, что только чудо может помочь Бонфорту лично явиться сегодня на аудиенцию. Это стало ясно при самом же первом осмотре. И те, кто так накачал его, тоже прекрасно это знают.

Я нахмурился:

— Значит, вы и раньше обманывали меня, когда расписывали, как прекрасно он себя чувствует? Что с ним на самом деле, Родж? Только не лгите.

— Тогда я говорил сущую правду, шеф. Именно поэтому и предложил вам повидаться с ним, хотя и был рад, что вы отказались. — Он помолчал и добавил: — Может быть, вам действительно стоит с ним повидаться?

— М-м-м... нет. Я уже говорил о том, что у меня есть причины избегать этой встречи, Родж.

Но то, что вы сейчас сказали, еще больше подтверждает мою правоту. Если наши противники были уверены, что во дворце присутствовал двойник, то я не могу рисковать появляться где-нибудь еще раз. Сегодня они были застигнуты врасплох, а может быть, просто не имели возможности разоблачить меня при сложившихся обстоятельствах. Но в дальнейшем они могут сделать это. Они придумают что-нибудь такое, что полностью разоблачит меня, и тогда все пропало! Так что, полагаю, мне будет полезно «поболеть» некоторое время. Билл был прав: пусть это будет пневмония.

Сила самовнушения такова, что на следующее утро я проснулся с насморком и болью в горле. Доктор Кэйпек нашел время заняться мной, поэтому к вечеру я снова почувствовал себя человеком. Тем не менее он издал бюллетень о состоянии моего здоровья, который гласил, что мистер Бонфорт подхватил вирусную инфекцию. Четыре дня я ничего не делал, только читал книги из личной библиотеки Бонфорта. Хранились там и некоторые его бумаги, я просмотрел и их тоже. Оказалось, политика и экономика могут быть увлекательнейшим чтением. Император прислал мне цветы, выращенные в дворцовой оранжерее: может быть, они действительно предназначались мне?..

Я бездельничал и наслаждался роскошью быть Лоренцо Смайтом или даже просто Лоуренсом Смитом. Но стоило кому-нибудь появиться, как я мгновенно входил в роль. Происходило это автоматически, я ничего не мог с собой поделать, хотя это было вовсе ни к чему: никто, кроме Пенни и доктора Кэйпека, ко мне не допускался.

Но даже самый приятный отдых со временем надоедает. На четвертый день я смертельно устал от своей комнаты, как уставал от долгого ожидания в приемных театров. Кроме того, почти полное одиночество... Кэйпек заходил очень редко, и визиты его были сугубо профессиональными, а Пенни заглядывала часто, но ненадолго. К тому же она перестала называть меня «мистер Бонфорт».

Когда ко мне явился Дэк, я очень обрадовался:

— Дэк! Что повенького?

— Ничего особенного. Разрываюсь между текущим ремонтом «Томми» и помощью Роджу в его закулисных махинациях. Да, чтобы провести эту кампанию, ему придется, видимо, пожертвовать желудком — всякая палка о двух концах. — Он сел. — Политика!

— Хм-м-м... Дэк, а как вы оказались замешанным во все это? Раньше я считал, что космонавты так же аполитичны, как и актеры. А вы тем более не похожи на человека, занимающегося политикой.

— С космонавтами дело обстоит непросто. Они не интересуются политикой, пока она не касается их интересов. Их совершенно не волнует вся эта чертова кухня до тех пор, пока они могут спокойно перебрасывать всякий хлам с планеты на планету. Однако выгодная торговля — это свободная торговля, при которой любой корабль может лететь куда ему вздумается и не опасаться таможенных глупостей и районов с ограниченным доступом. Нужна свобода! И вот тебя уже засосало — ты по уши увяз в политике. Я начал с того, что понемногу пробивал закон о транзитных перевозках, добиваясь, чтобы во время перевозок между тремя планетами пошлина не взималась дважды. Это оказалось в программе мистера Бонфорта. Одно тянуло за собой другое, и вот я уже шкипер его яхты, чем и занимаюсь на протяжении последних шести лет, а заодно представляю в Ассамблее своих товарищей по профессии в полном соответствии с их желаниями. — Он вздохнул. — Впрочем, я и сам не очень-то понимаю, как все это произошло.

— Значит, вы хотите бросить все это? Вы не стали выставлять свою кандидатуру на переизбрание?

Он непонимающе уставился на меня:

— Почему это? Да ведь тот, кто не занимается политикой, просто не живет по-настоящему!

— Но ведь вы сами сказали...

— Я знаю, что я сказал. Да, политика — трудное и иногда грязное занятие, она требует от человека полной отдачи. Но она же — единственный спорт для взрослых людей. Все остальные игры — для детей, абсолютно все. — Он поднялся. — Ну, мне пора.

— Дэк, посидите еще.

— Не могу. Завтра мне предстоит помогать Роджу в Ассамблее.

— Вот как? — Я знал, что нынешняя Ассамблея перед роспуском должна собраться в последний раз, чтобы утвердить временное правительство. Но не задумывался об этом. То было совершенно рутинное и формальное событие, вроде утверждения состава кабинета Императором. — Так он сам решил взяться за это?

— Нет. Но можете не беспокоиться, Родж извинится перед Ассамблеей за ваше, я имею в виду — *его*, отсутствие и попросит принять его полномочия без возражений. Затем он зачитает речь Верховного Министра при вступлении на пост — Билл как раз пишет ее. Затем, уже от собственного имени, он предложит утвердить состав правительства. Подождет. Возражений не последует. Голосование. Принято единогласно — и все стремглав разбегаются по домам и начинают сулить своим избирателям по две женщины в каждой постели и по сотне империалов каждый понедельник. Ах да! Потом еще несколько членов Партии Человечества в знак своей симпатии пошлют вам корзину с цветами, которая ослепит всех своим лицемерным сиянием. Конечно, с большим удовольствием они бы послали цветы на похороны Бонфорта. — Он нахмурился.

— Неужели это в самом деле так просто? А что, если Ассамблея не примет полномочий Роджа? Я думал, в Ассамблее нельзя выступать от чьего-то имени.

— Вообще-то это так. Или являйся сам, или — извини. Но тут все дело в парламентской механике. Если они не примут его полномочий завтра, то просто придется подождать, пока они не созреют и не проголосуют единогласно, чтобы получить возможность поскорее начать гипнотизировать своих избирателей. В общем-то эта Ассамблея и так мертва, как мумия фараона, но ее нужно похоронить конституционно.

— Хорошо. Но предположим все-таки, что какой-нибудь идиот будет против?..

— Таких не найдется. В противном случае разразится конституционный кризис. Но этого не произойдет.

Некоторое время мы оба молчали. Дэк как будто и не собирался уходить.

— Дэк, а если я сам появлюсь на Ассамблее и прочитаю речь, это намного облегчит дело?

— Э-э-э... я думал, все решено. Вы же решили, что вам не следует больше появляться публично, если не возникнет крайней необходимости.

— Да, но ведь в этом нет ничего опасного. Все роли распределены заранее, все расписано как по нотам. Может ли случиться так, что возникнет неожиданная ситуация, с которой я не смогу справиться?

— Нет. Правда, после речи вы по правилам должны были бы выступить перед корреспондентами, но я думаю, что ваше недавнее заболевание будет вполне уважительной причиной, чтобы не делать этого. Мы можем вывести вас оттуда через аварийный выход и тем самым полностью оградить от встречи с представителями прессы. — Он усмехнулся. — Конечно, никогда нельзя исключать возможность того, что какой-нибудь безумец принесет с собой на галерею для посетителей оружие... мистер Бонфорт обычно так и называл ее: «галерея для стрельбы по живым мишеням», особенно после того, как его ранили оттуда.

Я вдруг почувствовал сильную боль в ноге.

— Вы что, пытаетесь напугать меня?

— Нет.

— В таком случае это довольно оригинальный способ меня ободрить. Дэк, будьте откровенны, вы хотите, чтобы я выступил завтра? Или нет?

— Конечно хочу! А иначе с чего бы мне торчать тут у вас, когда и так дел невпроворот? Ради того, чтобы почесать язык?

Спикер ударил в гонг, капеллан прочитал экуменическую молитву, и наступила тишина. Пустовало более половины депутатских мест, зато на галерее кишмя кишели туристы.

Звук церемониального гонга разнесся по залу, усиленный с помощью электроники, затем его сменил ритуальный троекратный стук в дверь. Трижды Император требовал впустить его и трижды получил отказ. Тогда он смиренно попросил парламент, чтобы его впустили, и ему было позволено войти. Пока Виллем не занял своего места за столом спикера, мы все стояли. Он был в мундире Верховного Адмирала и явился без сопровождения свиты.

После этого я сунул жезл под мышку и, встав со своего места в первом ряду, прочитал речь, обращаясь исключительно к спикеру, словно Императора здесь и не было. Это была не та речь, какую написал Корпсмен. Та речь отправилась в помойное ведро, как только я просмотрел ее по диагонали. Билл написал обычный рекламный текст, пригодный лишь для избирательной кампании; здесь это не годилось.

Моя речь была краткой и нейтральной. Я составил ее пользуясь материалами других выступлений Бонфорта, и особенно одной из его речей, произнесенных по сходному поводу. В ней я приветствовал все хорошее, что только есть на свете, ратовал за то, чтобы все так же любили друг друга, как мы, добрые демократы, любим своего монарха, а он любит нас. Это была самая настоящая лирическая поэма, написанная белым стихом и состоящая примерно из пяти сотен слов.

Галерка так расчувствовалась, что ее пришлось призвать к порядку.

Затем встал Родж и предложил утвердить кандидатуры людей, представленных мною в правительство. Против не было подано ни одного голоса. Затем я выразил покорность своему монарху, поклялся защищать и расширять права и привилегии Великой Ассамблеи, а также охранять свободы граждан Империи, где бы они ни находились.

Мне казалось, я говорю легко и бойко, только через некоторое время заметил, что надрываюсь и захлебываюсь от неожиданно нахлынувших чувств. Когда я закончил, Виллем тихо сказал мне:

— Отличное представление, Джозеф.

Не знаю, говорил он со мной или со своим старым другом Бонфортом, да меня это в тот момент и не интересовало. Я не стал вытирать слезы. Они все еще катились по моим щекам, когда я повернулся лицом к Ассамблее. Подождав, пока удалится Виллем, я распустил собрание.

В этот день с планеты стартовали четыре чартерных челнока. Новая Батавия опустела: в городе остался только двор и около миллиона гражданских служащих, а также временное правительство.

Переборов свою «простуду» и появившись перед Великой Ассамблеей, я решил, что дальше скрываться нет смысла. Да и не мог я, будучи назначенным Верховным Министром, вдруг исчезнуть с общественного горизонта, не вызывая пересудов. В качестве номинального главы политической партии, вступающей в пропаган-

дистскую кампанию накануне выборов, я просто
обязан был встречаться с самыми разными
людьми. Я делал все, что был должен делать, и
каждый день требовал отчета о ходе выздоров
ления Бонфорта. Дела его шли хорошо, хотя и
очень медленно. Кэйпек дал мне понять, что
если возникнет неотложная необходимость, Бон
форт может появиться публично в любое время
Правда, доктор не рекомендовал этого делать
так как Бонфорт за время болезни потерял бо
лее двадцати фунтов веса и у него все еще пло
ховато было с координацией движений.

Родж выбился из сил, стараясь обезопасить
нас обоих. Теперь мистер Бонфорт знал, что
вместо него используют двойника. Сначала он
был вне себя от негодования, но потом смирил
ся с неизбежностью и даже одобрил наши дей
ствия. Родж вел кампанию, консультируясь с
ним по вопросам внешней политики и передавая
затем его советы мне, а я, если того требовали
обстоятельства, высказывал суждения Бонфор
та публично.

Охраняли меня хорошо. Мой офис находил
ся рядом с покоями лидера оппозиции (переез
жать в апартаменты, предназначенные для Вер
ховного Министра, мы не стали, хотя вполне
имели на это право; сослались на то, что пра
вительство все-таки временное). Поэтому по
пасть в мой кабинет можно было только через
другие комнаты, а чтобы добраться до наруж
ного входа, человеку пришлось бы преодолеть
пять постов охраны. Вхожи ко мне были лишь
несколько доверенных персон, которых прово
дили через туннель в кабинет Пенни, а уж от
туда — ко мне.

Все это было устроено для того, чтобы я мог изучить фэрли-досье посетителя перед встречей с ним. Я даже мог заглядывать в досье во время визита, так как часть поверхности моего стола представляла собой экран, скрытый от взгляда посетителя. Проведя посетителя ко мне, Родж приходил в кабинет Пенни и писал мне записку, которая тут же появлялась на экране передо мной, например: «Зацелуйте его до смерти, но ничего определенного не обещайте», или «Все, чего он на самом деле добивается, — чтобы его жена получила место при дворе. Пообещайте ему это и гоните прочь», или даже так: «А с этим поосторожней. Он представляет проблемный округ и гораздо умнее, чем пытается казаться. Направьте его ко мне, и я постараюсь все уладить».

Не знаю, кто на самом деле управлял правительством. Каждое утро на моем столе появлялась гора бумаг. Я расписывался на них бонфортовской подписью, и Пенни сразу же уносила их. Меня поражали масштабы имперской бюрократии. Однажды, перед тем как идти на какое-то собрание, Пенни решила показать мне «кусочек архива», как она выразилась. Хранилище больше всего напоминало гигантский улей, в каждой из сот которого хранилось по микрофильму. Между стеллажами пролегали движущиеся дорожки, чтобы клерку не пришлось тратить целый день в поисках нужного досье.

И это было лишь одно из крыльев архива. А весь архив, сказала Пенни, занимает пещеру размером с зал заседаний Великой Ассамблеи. Когда я услышал это, то в глубине души порадовался, что мои занятия государственной деятельностью — явление временное, можно сказать хобби.

Встречи с людьми были неизбежным злом, но больше всего меня расстраивало, что они совершенно бесполезны, так как решения принимали либо Родж, либо сам Бонфорт посредством Роджа. Мне оставалось только выступать с речами перед избирателями. Был пущен слух о том, что вирусная инфекция дала осложнение на сердце и что мой личный врач порекомендовал мне на время кампании оставаться в пределах слабого тяготения Луны.

Квирога метался по Земле с континента на континент, выступая перед избирателями. Но Роджа Клифтона это совсем не беспокоило. Он пожимал плечами и заявлял:

— Ну и пусть. Личными выступлениями новых голосов не получишь. От этих речей он только сам устает. На подобные встречи приходят лишь его убежденные сторонники.

Я искренне надеялся, что он знает, о чем говорит. Кампания была весьма короткой — всего шесть недель с того момента, как Квирога подал в отставку, до новых выборов. Поэтому я выступал почти каждый день, иногда по Всемирной сети (в этом случае и нам, и Партии Человечества выделялось равное время), а порой мои речи записывались на пленку и прокручивались перед собраниями избирателей. Процедура подготовки речей была разработана до мелочей: я получал первоначальный вариант речи, чаще всего от Билла, и переделывал на свой лад. Родж забирал отредактированный мной вариант, который обычно возвращался одобренным. Иногда в нем появлялись поправки, сделанные рукой самого Бонфорта — правда, почерк его был очень неразборчивым.

Все написанное лично им я никогда не подвергал сомнению, хотя остальное правил безжалостно: когда говорить приходится тебе самому, невольно приходят в голову более живые и яркие обороты. Постепенно я начал вникать в сущность его исправлений: почти всегда он старался показать противникам, что мы им спуску не дадим.

Со временем поправок стало меньше. Кажется, у меня начало получаться.

Я так до сих пор и не виделся с ним. Я чувствовал, что не смогу играть его роль, если увижу его больным и немощным. И я не был единственным из нашей дружной команды, кто не бывал у него: Кэйпек запретил Пенни ходить к шефу ради ее же блага. Но тогда я этого не знал. Я видел только, что она стала раздражительной, рассеянной и печальной с тех самых пор, как мы прибыли в Новую Батавию. Под глазами у нее появились круги. Я не мог не заметить всего этого, но относил это на счет усталости. Прав я был лишь отчасти. Кэйпек тоже обратил на это внимание и принял меры: расспросил ее под легким гипнозом, а затем запретил видеться с Бонфортом до тех пор, пока я не закончу свое дело и не буду отправлен домой.

Бедная девочка просто сходила с ума: она посещала палату, где лежал тяжело больной человек, которого она безнадежно любила, а затем сразу же переходила к совместной работе с другим, как две капли воды похожим на него, но находящимся в полном здравии. Возможно, она начинала подсознательно меня ненавидеть.

Добрый старый док Кэйпек добрался до истоков ее недуга, сделал ей постгипнотическое внушение и стал держать ее подальше от комнаты больного. Естественно, мне об этом никто не сказал — это было не мое дело. Но Пенни постепенно стала прежней: дружелюбной и невероятно работоспособной.

Я испытал огромное облегчение.

Так как Партия Экспансионистов представляла собой лишь наиболее многочисленную партию целой коалиции, которая объединялась только руководством и личностью Джона Джозефа Бонфорта, мне приходилось выступать на собраниях исполнительного комитета избирательной кампании вместо него и вешать лапшу на уши лидерам дружественных политических объединений. К таким собраниям меня готовили со всей возможной тщательностью, и Родж во время их проведения ни на миг не отходил от меня, чтобы вовремя дать мне знать, если я начну отклоняться от темы.

Когда до выборов оставалось всего две недели, у нас должно было состояться собрание, на котором нам предстояло составить партийный список кандидатов в депутаты. У нас всегда имелось от тридцати до сорока избирательных округов, на которых гарантированно одерживали победу экспансионисты, и теперь нам нужно было закрепить за ними кандидатуры тех членов партии, которые непременно должны были представлять нас в парламенте. Бонфорт и сам был выдвинут от одного из таких участков — это избавляло его от нужды проводить предвыборную кампанию. Таким же образом выдвигался Клифтон. То же самое можно было провернуть и с Дэком, но у него имелась и без того мощная поддержка коллег по гильдии. Родж даже намекнул мне, что, если я когда-нибудь пожелаю быть избранным в Ассамблею, стоит только ему шепнуть словечко, и мое настоящее имя появится в списке членов парламента.

Перед самым собранием я велел Пенни гнать в шею любых просителей, так как работал над речью, когда в моем кабинете появились Родж и Дэк. Накануне Квирога, выступая в Австралии, сделал заявление такого рода, что нам очень легко было бы доказать его лживость и тем самым набрать дополнительные очки. Я пробовал свои способности, пытаясь написать ответную речь самостоятельно, не дожидаясь, пока мне предоставят проект. У меня были все основания рассчитывать, что мой вариант будет одобрен полностью.

Как только Дэк и Родж вошли, я сказал:

— Послушайте-ка вот это место. — И прочитал им абзац, который должен был стать ключевым. — Ну как?

— Это просто пришпилит его к стене, — согласился Родж. — Мы тут принесли список кандидатов. Не хотите ли взглянуть? У нас в распоряжении еще около двадцати минут.

— Ах да, это чертово собрание. А зачем мне, собственно, просматривать список? Или здесь что-нибудь не так?

Я взял список и просмотрел его. Большинство кандидатов я знал — кого по фэрли-досье, кого по личным встречам; знал я и причины, по которым каждый из них попал в этот список.

Внезапно мне в глаза бросилось одно имя: «Корпсмен, Уильям Дж.».

Помолчав, я спокойно сказал:

— Вижу, и Билл попал сюда, Родж.

— Да. Я как раз хотел сказать вам об этом. Видите ли, шеф, мы все прекрасно знаем о том, что между вами пробежала черная кошка. И я не виню вас, нет: главным образом в этом виноват сам Билл. Но есть здесь и другая сторона дела. Может быть, вы еще не поняли, что у Билла сильнейший комплекс неполноценности: он чувствует себя ниже всех нас из-за того, что не занимает никакого официального положения. Это постоянно гложет его. Так что мы намерены излечить его от этого комплекса, сделав парламентарием.

— Даже так?

— Да. Это именно то, чего он всегда добивался. Мы все являемся членами Великой Ассамблеи, я имею в виду тех, кто работает плечом к плечу с... э-э... вами. А Билл, я сам слышал, однажды после третьего стакана признался, что чувствует себя просто наемным рабочим. Это страшно угнетает его. Но ведь вы не против, правда? Партия может себе это позволить — ведь это сравнительно небольшая цена за снятие напряженности в ее штаб-квартире.

Теперь я окончательно взял себя в руки:

— Это не мое дело. Да и с чего бы мне возражать против того, что хочет мистер Бонфорт?

Родж и Дэк переглянулись. Тогда я добавил:

— Ведь он хочет этого, не так ли, Родж?

Дэк грубо произнес:

— Скажи ему, Родж.

Родж медленно проговорил:

— Мы с Дэком сами так решили. Мы считаем, что так будет лучше.

— Следовательно, мистер Бонфорт не давал добро на это? Вы спрашивали у него?

— Нет, не спрашивали.

— Почему же?

— Его нельзя беспокоить такими проблемами. Он измученный, старый, больной человек. Я вообще старался не приставать к нему ни с чем, кроме вопросов большой политики, а этот вопрос к таким не отнесешь. Это уже относится к нашей сфере деятельности.

— Тогда зачем же спрашивать мое мнение?

— Ну... нам казалось, вы должны знать об этом — и знать причины, по которым мы пошли на это. Нам казалось, что вы одобрите...

— Я? Но вы просите меня принять решение, как будто я сам мистер Бонфорт. А я им не являюсь. — Я побарабанил по столу пальцами совсем как мой прототип. — Либо это решение входит в сферу его компетенции, и тогда вы должны были спрашивать согласия у него, либо решить сами, но совершенно незачем спрашивать у меня.

Родж пожевал свою сигару, затем произнес:

— Хорошо. Мы решим сами.

— Нет!

— Что вы хотите сказать?

— Я хочу сказать «нет». Вы желали узнать мое мнение, следовательно, вы в чем-то сомневаетесь. Поэтому, если вы хотите, чтобы я представил это имя комитету в качестве Бонфорта, пойдите и спросите *его*.

Они оба сели и некоторое время молчали. Наконец Дэк вздохнул и сказал:

— Расскажи ему все. Или хочешь — я сам расскажу.

Я ждал.

Клифтон вынул сигару изо рта и сказал:

— У мистера Бонфорта четыре дня назад был удар. Поэтому сейчас его ни в коем случае нельзя беспокоить.

Переварив эту новость, я спросил:

— А что с его разумом?

— Кажется, он находится в полном сознании, но совершенно измучен. Видимо, эта неделя в заключении повредила ему больше, чем мы думали. Удар поверг его в коматозное состояние на двадцать четыре часа. Сейчас он уже вышел из комы, но у него парализована вся левая половина лица и частично — левая сторона тела.

— А что говорит доктор Кэйпек?

— Он надеется, что, как только кровоизлияние в мозгу рассосется, все болезненные явления исчезнут. Но шефу все же нельзя будет напрягаться как раньше. Понимаете, в настоящее время он действительно болен. Так что заканчивать кампанию нам придется рассчитывая только на собственные силы.

Я никогда не видел Бонфорта и не получал от него ничего, кроме нескольких исправлений в тексте речи. Но за это время я привязался к нему. Ведь именно то, что он находился в двух шагах от меня за запертой дверью, сделало возможным все то, чего я достиг.

Я сделал глубокий вдох, выдохнул и сказал:

— Хорошо, Родж. Постараемся.

— Да, шеф. — Он встал. — Что ж, нам пора на собрание. А как насчет этого? — Он указал на список.

Я постарался сосредоточиться. Может быть, Бонфорт и не был против того, чтобы Биллу предоставили право называться «достопочтенным»? Бонфорт никогда не бывал мелочен в таких вещах. В одном из своих трудов он писал: «Я не могу назвать себя высокоинтеллектуальным человеком. Если я и обладаю каким-либо талантом, то это талант находить способных людей и давать им возможность проявить себя».

— Сколько лет Билл состоял при нем? — спросил я.

— Около четырех лет. Может быть, чуть больше.

Значит, Бонфорт был доволен его работой.

— Но ведь за это время уже прошли одни всеобщие выборы? Почему же его не сделали членом парламента еще тогда?

— Не знаю. Просто этот вопрос как-то не поднимался.

— А когда Пенни стала членом парламента?

— Три года назад. На дополнительных выборах.

— Вот вам и ответ, Родж.

— Не понимаю.

— Бонфорт мог бы сделать Билла членом Великой Ассамблеи в любое время. Но предпочел этого не делать. Так что предложите вместо него кого-нибудь другого. А в дальнейшем, если мистер Бонфорт пожелает, он может устроить специально для Билла еще одни дополнительные выборы — сразу после выздоровления.

Выражение лица Клифтона не изменилось, он просто взял список и сказал:

— Хорошо, шеф.

Вечером того же дня Билл покинул нас. Скорее всего, Родж сообщил ему, что номер не прошел. Когда мне сказали об этом, я осознал, что своим упрямством, возможно, поставил нас всех под удар. Так я и заявил Роджу. Он покачал головой, не соглашаясь со мной.

— Но ведь ему все известно! С самого начала это был его план. Представляю, какой воз грязи он может притащить за собой в лагерь Партии Человечества.

— Не думайте об этом, шеф. Билл, может быть, и дрянь — иначе я не могу назвать человека, который бросает все в разгар предвыборной кампании, — но в нашей профессии не принято выдавать секреты фирмы, даже если ты поссорился с ней навсегда.

— Надеюсь, что вы правы.

— Сами увидите. Не волнуйтесь. Продолжайте спокойно работать.

Прошло несколько дней. Я пришел к выводу, что Родж знал Билла лучше, чем я. Никаких известий о нем не было, кампания шла полным ходом, становясь все напряженнее и напряженнее. Не было никаких намеков на то, что наша афера разоблачена. Я почувствовал себя лучше и с жаром принялся составлять речи, стараясь выложиться полностью. Мистер Бонфорт понемногу поправлялся, но Кэйпек предписал ему полный покой.

Роджу пришлось отправиться на Землю, чтобы находиться в центре предвыборных баталий. Мне же приходилось выступать с речами и на пресс-конференциях. Самой собой, теперь мне было гораздо легче: на большинство вопросов я уже мог отвечать не задумываясь.

В тот день, когда ожидалось возвращение Роджа, была устроена обычная еженедельная пресс-конференция. Хоть я и надеялся, что он вернется до ее начала, но вполне мог провести ее без посторонней помощи. Пенни вошла в зал первой, и я услышал, как она чуть слышно вскрикнула. Я шагнул вперед и увидел, что за дальним концом длинного стола восседает Билл.

Окинув взглядом собравшихся, я сказал:

— Доброе утро, джентльмены.

— Доброе утро, господин министр, — ответили мне собравшиеся.

Я обратился к Корпсмену:

— Доброе утро, Билл. Я и не знал, что вы сегодня будете здесь. Кого вы представляете?

Наступила полная тишина. Все уже знали, что Билл ушел от нас — или был уволен. Он улыбнулся мне и ответил:

— Доброе утро, *мистер Бонфорт*. Я представляю синдикат Крейна.

И тут я почувствовал: надвигается что-то скверное. Стараясь не показать ему, что заподозрил неладное, я спокойно заметил:

— Вы нашли прекрасное место. Надеюсь, они платят вам достаточно?.. Но давайте перейдем к делу. Сначала — вопросы в письменном виде. Они уже у вас, Пенни?

Я быстро покончил с письменными вопросами, давая на них заранее приготовленные ответы, затем сказал:

— У нас осталось немного времени, джентльмены. У кого еще есть вопросы?

Было задано еще несколько вопросов. Только однажды я был вынужден ответить: «Без комментариев» — честный ответ Бонфорт всегда предпочитал уклончивому. После этого я взглянул на часы и сказал:

— Пожалуй, на сегодня все, джентльмены. — И встал.

— Смайт! — крикнул Билл.

Я выпрямился, даже не взглянув в его сторону.

— Я к вам обращаюсь, господин обманщик Бонфорт-Смайт! — злобно продолжал он.

На сей раз я взглянул на него с удивлением, которое, на мой взгляд, приличествовало важной политической фигуре, оскорбленной при подобных обстоятельствах. Билл указывал на меня пальцем, лицо его побагровело.

— Ты самозванец! Дешевый актеришка! Обманщик!

Корреспондент лондонской «Таймс», сидевший справа от меня, тихо спросил:

— Может быть, вызвать охрану, сэр?

— Не нужно, — ответил я. — По-моему, он безобиден.

Билл рассмеялся:

— Так, значит, я безобиден, а? Сейчас посмотрим!

— Нет, лучше я все-таки вызову охрану, — настаивал корреспондент.

— Не нужно, — резко повторил я. — Ну, довольно, Билл. Лучше вам уйти по-хорошему.

— Конечно, только этого ты и ждешь!

И он принялся торопливо выкладывать всю историю. Правда, он ни словом не обмолвился о похищении, не отметил, какую роль он сам играл во всей этой афере, но дал понять, что ушел от нас из-за того, что не хотел быть замешанным в подлоге. Имперсонизацию он привязал к болезни Бонфорта, особо упирая на то, что мы же его чем-то и опоили.

Я терпеливо слушал. Сначала большинство репортеров просто внимало, храня на лицах гримасы людей, оказавшихся свидетелями чужой семейной ссоры. Затем потихоньку некоторые из них начали что-то записывать и диктовать на магнитофоны.

Когда он закончил, я спросил:

— Это все, Билл?

— Кажется, этого вполне достаточно!

— Даже более чем достаточно. Мне очень жаль, Билл. Все, джентльмены, мне пора возвращаться к работе.

— Один момент, господин министр! — крикнул кто-то. — Собираетесь ли вы давать опровержение?

Еще кто-то добавил:

— Будете ли вы подавать в суд за клевету?

Сначала я ответил на последний вопрос:

— Нет, в суд я подавать не буду. Нельзя же судиться с душевнобольным.

— Это я душевнобольной?! — заорал Корпсмен.

— Успокойся, Билл. Что касается опровержения, то я не думаю, что его стоит публиковать. Я заметил, что некоторые из вас делали заметки. Вряд ли кто-либо из редакторов решится печатать подобный бред. Но если даже и так, мое опровержение только придало бы всему этому совершенно анекдотическому событию особую пикантность. Вам никогда не приходилось слышать историю об одном профессоре, который сорок лет угробил на то, чтобы доказать, будто «Одиссея» была написана не

Гомером, а другим греком с тем же самым именем?

Послышался вежливый смех. Я тоже улыбнулся и снова повернулся, чтобы уйти. Билл вскочил со своего места и, подбежав ко мне, схватил меня за руку.

— Шуточками тебе не отделаться!

Представитель «Таймс» — кажется, его фамилия была Экройд — оттащил его от меня.

— Благодарю вас, сэр, — сказал я. Затем, обращаясь к Корпсмену, добавил: — Чего вы от меня хотите, Билл? Я изо всех сил старался уберечь вас от ареста.

— Если хочешь, можешь вызвать охрану, мошенник! И тогда мы посмотрим, кто из нас дольше просидит в тюрьме. *Посмотрим, что будет, когда у тебя возьмут отпечатки пальцев!*

Я вздохнул и мысленно подвел итог своей короткой жизни.

— Кажется, это уже не смешно. Джентльмены, лучше положить этому конец. Пенни, деточка, попросите кого-нибудь, чтобы послали за оборудованием, необходимым для снятия отпечатков пальцев. — Я знал, что стремительно иду ко дну, но, черт возьми, даже если попал в Мальстрем, до самого конца стой за штурвалом. Надо умирать красиво.

Но Билл не стал ждать. Он схватил стакан, стоявший на столе передо мной — во время пресс-конференции я несколько раз вертел его в руках.

— К дьяволу оборудование! Этого вполне достаточно.

— Билл, я ведь и раньше постоянно напоминал вам, чтобы вы воздерживались от грубых выражений в присутствии леди. А стакан можете оставить себе.

— Вы чертовски правы. Так я и сделаю.

— Отлично. А теперь уходите. Если вы не уйдете добровольно, вас выведут.

Он вышел. Все молчали. Тогда я сказал:

— Я могу предоставить свои отпечатки любому из вас.

— О, я уверен, что вам не следует беспокоиться, — поспешно заявил Экройд.

— Нет, отчего же! Нужно внести ясность. — Я настаивал, потому что это было в духе Бонфорта — идти навстречу опасности.

Мы не стали посылать ни за каким оборудованием. У Пенни была копировальная бумага, еще у кого-то — один из тех «вечных» блокнотов с пластиковыми листами, которые прекрасно хранят отпечатки. Затем я попрощался с присутствующими и удалился.

Дотащиться мы смогли только до кабинета Пенни. Переступив порог, она тут же упала в обморок. Я перенес ее в свой офис, уложил на кушетку, а сам сел за письменный стол и долго время просто сидел, не шевелясь и глядя в одну точку.

В течение дня настроение в нашем штабе нисколько не улучшилось. Мы, как всегда, занимались текущими делами, лишь отменили под тем или иным предлогом все заранее назначенные встречи. Вечером мне предстояло выступить с речью, и я уже серьезно подумывал, не отменить ли ее. Стереоприемник я целый день держал включенным, но ни слова о том, что произошло на утренней пресс-конференции, сказано не было. Я понял, что массмедиа, прежде чем сделать все происшедшее достоянием гласности, тщательно проверяют отпечатки: несмотря ни на что, я оставался Верховным Министром Его Императорского Величества, поэтому требовались очень серьезные доказательства. Потом я решил все-таки не ломать заранее намеченный план действий. Я даже не имел возможности посоветоваться с Дэком: он находился в кратере Тихо, в Тихо-Сити.

Это была лучшая из моих речей. Я чувствовал себя как комик, пытающийся успокоить публику в горящем театре. Едва выключился записывающий аппарат, я спрятал лицо в ладонях и заплакал. Пенни утешающе похлопывала меня по плечу. После пресс-конференции мы с ней не обсуждали того, что произошло.

Родж прибыл в штаб, когда я закончил запись, и сразу явился ко мне. Тоскливым, монотонным голосом я поведал ему всю эту идиотскую историю. Он слушал, пожевывая потухшую сигару. Лицо его оставалось бесстрастным.

В конце рассказа я извиняющимся тоном сказал:

— Я просто должен был дать им свои отпечатки! Отказаться было бы не по-бонфортовски...

— Не волнуйтесь, — сказал Родж.

— А?

— Я сказал: не волнуйтесь. Когда поступит ответ из Бюро Идентификации в Гааге, вас будет ждать маленький, но приятный сюрприз. А нашего друга Билла — большой, но не столь приятный. Если он получил часть своих иудиных сребреников авансом, то, скорее всего, ему придется с ними расстаться.

— Но, Родж, они ведь на этом не остановятся. Есть множество других возможностей...

— Вы думаете, мы даром едим свой хлеб? Шеф, я знал, что подобное рано или поздно может произойти. С того самого момента, как Дэк объявил о претворении в жизнь плана «Марди Гра», началось заметание следов. Везде. Но я почему-то решил, что Биллу об этом знать не обязательно. — Он пососал сигару, вынул изо рта и начал вертеть ее в руках. — Бедняга Билл.

Пенни тихо ахнула и снова упала в обморок.

Глава 10

Наконец настал самый последний день. О Билле мы больше ничего не слышали. Из пассажирских списков стало известно, что он улетел на Землю два дня назад, после своего фиаско. Если в новостях и упоминали о чем-нибудь, я ничего не слышал. Да и в выступлениях Квироги не было ни малейшего намека на что-либо подобное.

Здоровье мистера Бонфорта постепенно улучшалось, и вскоре стало ясно, что после выборов он вполне сможет приступить к своим обязанностям. Кое-какие следы паралича еще оставались, но мы уже знали, как сохранить это в тайне: сразу после избрания Бонфорт отправится на отдых. Это обычная практика всех политических деятелей. Отдых будет проходить на борту «Томми», вдали от всех. Во время этого полета мне вернут естественный вид и перебросят обратно на Землю, а у шефа якобы случится легкий удар вследствие перенапряжения во время избирательной кампании.

После этого Роджу придется заняться восстановлением в картотеках настоящих отпечатков шефа, но, в принципе, с этим можно и подождать какое-то время.

В день выборов я был счастлив, как щенок на лужайке. Роль моя окончена, хотя мне и предстояло сделать еще кое-что. Я уже записал две пятиминутные речи для передачи в эфир. В одной из них я выражал удовлетворение победой, в другой — достойно смирялся с поражением. Как только вторая речь была записана, я обнял Пенни и поцеловал. Кажется, она была не против.

Мне оставалось выступить в образе последний раз, но теперь уже перед самым взыскательным зрителем. Мистер Бонфорт пожелал увидеть меня до того, как я выйду из образа. Я не возражал. Теперь, когда все было позади, я сам хотел повидаться с ним.

Мы должны были собраться в комнате с окнами наружу, поскольку мистер Бонфорт уже несколько недель не видел неба и соскучился по нему. Здесь мы узнаем о результатах голосования и отметим наш успех или поклянемся в следующий раз не допустить поражения. В последнем я, правда, участвовать не собирался: это была первая и последняя в моей жизни политическая кампания, с меня было довольно политики. Непрерывная игра на протяжении шести недель равна по продолжительности примерно пятистам обычным представлениям. А это очень много.

Его подняли наверх в кресле-качалке. Я дожидался в соседней комнате, давая возможность поудобнее устроить его на кушетке до моего появления. Ведь это естественное человеческое право: не выказывать слабости перед посторонним человеком. Кроме того, я хотел соответствующим образом обставить свой выход.

Когда я увидел его, то удивился настолько, что чуть было не вышел из образа. Как он похож на моего отца! Я даже не мог вообразить, скольких лет жизни стоило ему это похищение. Он был страшно худ, а волосы его совсем поседели.

Я сразу решил, что во время предстоящих каникул в космосе я должен помочь привести его в надлежащий вид. Доктор Кэйпек наверняка сумеет вернуть ему недостающий вес, а если даже и не сможет, есть много способов сделать так, чтобы человек смотрелся более полным, чем на самом деле. Его волосами я займусь сам. А запоздалое сообщение о постигшем его ударе поможет замаскировать все несоответствия. Изменения произошли с ним за последние две недели, поэтому надо постараться скрыть их, чтобы вновь не возникли слухи о подмене.

Но все это откладывалось где-то в дальних уголках моего сознания. Меня переполняли впечатления. Хотя человек, полулежащий передо мной, был тяжело болен, я ощущал его силу и мужество. Я испытывал почти священное чувство, какое охватывает человека у подножия гигантской статуи Авраама Линкольна. Глядя на него, укрытого пледом, наполовину парализованного, я вспомнил еще один памятник — раненому льву из Люцерна. Бонфорт обладал той же силой и достоинством, даже будучи беспомощным.

Когда я вошел, он взглянул на меня, и на лице его появилась характерная дружелюбная улыбка, овладеть которой стоило мне стольких трудов. Он сделал мне знак, чтобы я подошел. Я улыбнулся ему той же самой улыбкой и приблизился к кушетке. Его рукопожатие оказалось неожиданно крепким. Затем с теплотой в голосе он сказал:

— Я счастлив, что в конце концов увидел вас. — Речь его была немного неразборчивой, и теперь стало заметно, что левая половина лица у него безжизненна.

— Для меня также большая честь и счастье познакомиться с вами, сэр! — Чтобы не расслабить при этих словах левую сторону лица, мне пришлось сделать усилие.

Он окинул меня взглядом с ног до головы и улыбнулся:

— Такое впечатление, что я где-то уже видел вас раньше.

— Я старался изо всех сил, сэр.

— Старался! Вы все сделали просто замечательно. Однако более чем странно вдруг увидеть самого себя...

Я с жалостью осознал, что он еще не вполне понимает, как он теперь выглядит. То, как выглядел я, и было для него собственной внешностью.

— Вас не затруднит пройтись по комнате? Я хочу посмотреть на вас... на себя... на нас. Хочется хоть раз побыть зрителем.

Я выпрямился, прошелся по комнате, что-то сказал Пенни (бедное дитя ошалело переводило взгляд с него на меня и обратно), взял со стола газету, почесал нос и потер подбородок, вытащил марсианский жезл и поиграл им.

224

Он с восхищением наблюдал за мной. Заметив это, я решил выступить на бис. Я встал посреди комнаты и произнес одну из лучших его речей, стараясь не воспроизвести ее слово в слово, а передать дух. Я заставлял слова перекатываться и грохотать, как любил это делать он. Закончил я речь его собственными словами:

— Раба нельзя освободить, если только он не добьется освобождения сам. Нельзя сделать рабом истинно свободного человека — его можно только убить!

После этих слов наступило потрясенное молчание, затем раздался гром аплодисментов. Даже сам Бонфорт хлопал здоровой ладонью по кушетке и кричал: «Браво!»

Это были единственные аплодисменты, которые я сорвал, играя эту роль. Но их было вполне достаточно.

После этого он велел мне взять кресло и подсесть к нему. Я заметил, что он смотрит на жезл, и протянул его рукоятью вперед.

— Он стоит на предохранителе, сэр.

— Я знаю, как им пользоваться.

Он внимательно осмотрел жезл и вернул мне. Я думал, он захочет оставить его у себя, но, раз так, мне придется отдать его Дэку, чтобы потом он сам вручил его законному владельцу. Бонфорт попросил меня рассказать о себе, потом сказал, что меня он никогда на сцене не видел, но зато видел моего отца в роли Сирано. Ему приходилось делать колоссальные усилия, чтобы говорить внятно.

Потом он спросил меня, что я собираюсь делать в дальнейшем. Я ответил, что никаких определенных планов на этот счет у меня нет. Он кивнул и сказал:

— Посмотрим. У нас есть для вас местечко. Нужно будет кое-что обсудить дополнительно.

При этом он ни словом не обмолвился о плате, и я был горд этим.

Постепенно начали поступать сведения об итогах голосования, и он повернулся к стереоприемнику. Голосование началось сорок восемь часов назад во внешних мирах, а Земля всегда голосовала в последнюю очередь. Да и на самой Земле день голосования длился почти тридцать часов, в соответствии с вращением планеты. Сейчас по стерео стали передавать сведения о победах в очень важных для нас округах. Уже вчера, после голосования внешних миров, мы получили заметное преимущество, однако Родж разочаровал меня, заявив, что это ровным счетом ничего не значит. Внешние миры всегда поддерживали экспансионистов. Решающее значение имело то, что думают те миллиарды людей, которые никогда не покидали родной планеты.

Вчерашний же расклад нас вполне устраивал. Аграрная Партия Ганимеда победила в пяти из шести избирательных округов. Эта партия являлась составной частью нашей коалиции, хотя серьезной роли в ней не играла. Положение на Венере было более сложным, так как венерианцы разбились на множество группировок, раздираемых непостижимыми на земной взгляд противоречиями. Тем не менее у нас были основания рассчитывать, что голосование на Венере закончится в нашу пользу. Имперская установка на то, что местные жители могут выдвигать в Ассамблею только землян, была одной из множества несправедливостей, против которых выступал Бонфорт. Это тоже должно было обеспечить нам успех. Но неизвестно, скольких голосов это будет стоить нам на Земле.

Поскольку марсианские гнезда посылали в Ассамблею только своих наблюдателей, единственными голосами, о которых мы беспокоились на Марсе, были голоса землян. Честно говоря, ни на что особенно мы здесь не рассчитывали.

Дэк и Родж склонились над большой таблицей, при помощи которой они что-то напряженно высчитывали по одним им понятным формулам. Сейчас более дюжины мощных вычислительных центров по всей Солнечной системе занимались тем же самым, но Родж предпочитал собственные расчеты. Однажды он сказал мне, что может просто погулять по избирательному округу, после чего определить количество голосов, отданных за наших кандидатов, с точностью до двух процентов. И я думаю, что это сущая правда.

Док Кэйпек сидел позади всех, расслабившись в кресле. Пенни сновала взад и вперед по комнате, нервно потирая руки. На меня и мистера Бонфорта она старалась не смотреть.

До сих пор мне ни разу не приходилось бывать на вечеринке, посвященной выборам. Наша была пронизана теплым чувством удовлетворения от проделанной работы и усталости. Все, что можно, уже сделано, и теперь даже не имеет особого значения результат голосования: с вами друзья, вам хорошо и осталось лишь посыпать готовый пирог сахарной пудрой.

Не знаю, проводил ли я когда-нибудь время столь же приятно, как в этот вечер.

Родж поднял голову, взглянул сначала на меня, затем на мистера Бонфорта.

— Континент колеблется. Американцы пробуют воду ногой, прежде чем окончательно встать на нашу сторону. Их волнует только один вопрос: глубоко или нет?

— Родж, вы можете сделать прогноз?

— Пока нет. Мы, конечно, уже имеем достаточно мест в Великой Ассамблее, но их количество может несколько колебаться в ту или другую сторону. — Он поднялся. — Схожу-ка я к ребятам.

Вообще-то следовало пойти мне, раз уж я был «мистером Бонфортом». В ночь выборов глава партии непременно должен появиться в штаб-квартире. Но я до сих пор ни разу там не был, поскольку именно там мою игру могли раскусить. Во время предвыборной кампании предлогом служила моя «болезнь». Сегодня тоже не стоило рисковать, поэтому вместо меня собрался идти Родж, чтобы пожимать руки, улыбаться налево и направо и разрешать девочкам, на тонкие плечи которых легла вся тяжесть бумажной работы во время кампании, вешаться ему на шею и всхлипывать от умиления.

Я сказал:

— Родж, я спущусь вместе с вами и поблагодарю Джимми и его гарем.

— Может, вам лучше этого не делать?

— Думаю, в этом нет ничего опасного для нас. — Я повернулся к мистеру Бонфорту: — Как вы считаете, сэр?

— Я обязательно бы сходил к ним.

Мы спустились на лифте, прошли по целой веренице пустынных помещений и наконец, миновав кабинет Пенни, попали в самый настоящий бедлам. Стереоприемник, включенный по случаю торжества на полную мощность, на полу валяется всякий мусор, все присутствующие пьют, курят или делают то и другое одновременно. Даже у Джимми Вашингтона в руке был стакан, с которым он и слушал сообщения о ходе голосования. Он не отпил ни глотка — он вообще не пил и не курил. Наверняка кто-то просто всучил ему этот стакан, а он машинально принял его. Джимми всегда умел удачно вписаться в любую компанию.

Я в сопровождении Роджа обошел присутствующих и добрался до Джимми. Я тепло поблагодарил его, после чего извинился за то, что чувствую себя совершенно разбитым и поэтому собираюсь удалиться к себе и прилечь. Я попросил Джимми также извиниться перед присутствующими от моего имени.

— Хорошо, сэр. Вам действительно следует подумать немного и о себе, господин министр.

Я вернулся наверх. А Родж отправился дальше — поздравлять остальных.

Когда я вошел в комнату, Пенни прижала палец к губам, чтобы я не шумел. Бонфорт, казалось, заснул, и поэтому стерео немного приглушили. Дэк по-прежнему сидел у приемника, нанося на лист бумаги все новые цифры, пока не вернулся Родж. Кэйпек кивнул мне и приветственным жестом поднял свой стакан.

Пенни налила мне порцию скотча с водой, и я, прихватив стакан с собой, вышел на балкон. Ночь уже наступила, и в небе висела почти полная Земля, окруженная россыпями звезд, похожих на бриллианты в витрине Тиффани. Я увидел Северную Америку и попытался на глазок определить город, который покинул всего несколько недель назад.

Через некоторое время я возвратился в комнату. Ночь на Луне — слишком впечатляющее зрелище. Родж вернулся незадолго до меня и, не сказав ни слова, снова засел за свои вычисления.

Наступал критический момент, и все притихли, чтобы дать возможность Роджу и Дэку без помех продолжать работу. Мы довольно долго сидели в полном молчании, пока наконец Родж не отодвинулся от стола.

— Вот и все, шеф, — сказал он, не оборачиваясь. — Мы своего добились. Большинство — скорее всего, на девятнадцать мест, а возможно, и на все тридцать.

После недолгого молчания Бонфорт тихо спросил:

— Ты уверен?

— Абсолютно. Пенни, переключи на другой канал — посмотрим, что там происходит.

Я подошел к Бонфорту и сел рядом с ним. Говорить я не мог. Он дотянулся до меня и похлопал по руке чисто отеческим жестом, а затем мы снова уставились на экран. Диктор сообщал:

«…сомнения в этом нет. Восемь вычислительных центров сказали «да». Кориак сказал «возможно». Партия Экспансионистов одержала решительную…»

Пенни переключилась на другой канал.

«…остается на своем посту еще на пять лет. Мистер Квирога отказывается дать какие-либо комментарии, но его генеральный представитель в Нью-Чикаго заявил, что нынешнюю ситуацию нельзя не...»

Родж встал и направился к фону. Пенни отключила звук. Диктор продолжал шевелить губами — скорее всего, он повторял то же самое, что мы уже слышали, только другими словами.

Родж вернулся, и Пенни снова включила звук. Диктор еще некоторое время говорил, затем кто-то передал ему листок бумаги. Он прочитал его, и на лице у него засияла широченная улыбка.

— Друзья и сограждане, сейчас вы увидите выступление Верховного Министра!

Включили запись моей победной речи. Я сидел упиваясь ею; во мне смешались самые разнообразные чувства, но все они были приятными, болезненно приятными. Я немало потрудился над этой речью и сознавал это. Все шло как надо.

Речь как раз подошла к своей кульминации, когда я услышал позади себя какой-то шорох.

— Мистер Бонфорт, — позвал я. — Док! Док! Сюда, скорее!

Бонфорт пытался дотянуться до меня и тщетно старался сказать мне что-то неотложное. Но его губы отказывались повиноваться, и даже его могучая воля не могла заставить слабеющее тело подчиниться.

Я склонился над ним, не зная, как ему помочь, — он угасал слишком быстро, дыхание его стало слабеть и наконец прекратилось совсем.

Дэк и Кэйпек опустили тело Бонфорта на лифте вниз; я ничем не мог им помочь. Родж подошел ко мне и похлопал по плечу, успокаивая, потом тоже ушел. Пенни спустилась вниз вслед за остальными. Оставшись один, я снова вышел на балкон. Мне необходим был глоток свежего воздуха — пусть даже это был тот же самый, нагнетаемый машинами воздух, что и в комнате, но на балконе создавалась иллюзия ветра с улицы.

Они убили его. Его враги убили его так же верно, как если бы всадили ему нож между лопаток. Несмотря на все наши усилия, в конце концов они все-таки прикончили его. Самое подлое из убийств!

Я почувствовал, как что-то во мне умерло. Я оцепенел от горя. Я видел собственную смерть. Теперь я понимал, почему так редко удается спасти одного из сиамских близнецов после смерти второго. Я был опустошен.

Не знаю, сколько я простоял так в полном оцепенении. Потом до меня донесся голос Роджа:

— Шеф?

Я обернулся.

— Родж, — поспешно сказал я, — не называйте меня больше так. Прошу вас!

— Шеф, — настойчиво повторил он. — Вы ведь знаете, что вам предстоит, не так ли?

Я почувствовал дурноту, лицо Роджа расплывалось перед моими глазами. Я не понимал, о чем он говорит, я просто знать не желал, о чем он там говорит.

— Что вы имеете в виду?

— Шеф... человек умирает, но представление продолжается. Вы не можете все бросить и уйти.

У меня страшно болела голова. Казалось, Родж то наплывает на меня, то удаляется, а голос его то пропадал, то появлялся снова:

— ...лишить его возможности продолжать начатое. Поэтому вам придется сделать это за него. Вы должны воскресить его!

Я тряхнул головой, пытаясь собраться с мыслями и ответить.

— Родж, вы сами не понимаете, что говорите. Это же нелепо... смешно, наконец! Я не государственный деятель. Я обычный актер! Я умею строить рожи и заставлять людей смеяться. Это единственное, на что я гожусь.

К своему собственному ужасу, я осознал, что говорю голосом Бонфорта.

Родж пристально взглянул на меня:

— По-моему, до сих пор вы справлялись неплохо.

Я пытался изменить голос, старался обрести контроль над ситуацией:

— Родж, вы сейчас возбуждены. Когда вы успокоитесь, то поймете сами, что говорили смешные вещи. В одном вы правы: представление должно продолжаться. Но не таким образом. Самое правильное решение — единственно правильное, я бы сказал, — продолжать его дело вам самому. Мы победили на выборах, вы получили необходимое большинство — так берите же власть в свои руки и претворяйте партийную программу в жизнь.

Он взглянул на меня и печально покачал головой:

— Если бы только это было возможно, я бы с радостью так и поступил. Но я не могу. Шеф, вы помните эти проклятые заседания исполнительного комитета? Ведь это вы не давали ребятам передраться. Вся коалиция построена на личном влиянии и авторитете одного человека.

И если вы не пойдете с нами дальше, все, ради чего он жил — и ради чего он умер, рассыплется в прах.

Мне нечего было возразить. Скорее всего, он прав — я и сам за последнее время начал немного разбираться в движущих силах политики.

— Родж, даже если это и так, все равно то, что вы предлагаете, неосуществимо. Мы едва ухитрились обвести всех вокруг пальца, выпуская меня на люди только при тщательно взвешенных условиях, и то нас едва не поймали. Но продолжать эту игру неделя за неделей, месяц за месяцем, год за годом, если я правильно понял вас, — нет. Это невозможно. Этого мне не осилить! Я не способен на это!

— Способны! — Он наклонился ко мне и произнес: — Мы уже обсудили все за и против, и мы не хуже вас представляем себе все опасности. Но ведь у вас будет возможность врасти в этот образ. Для начала — две недели в космосе... черт побери, хоть месяц, если потребуется! И все это время вы будете учиться — изучать его журналы, дневники, записные книжки, вы просто пропитаетесь им насквозь. А мы поможем вам.

Я молчал. Он продолжил:

— Послушайте, шеф, теперь вы знаете, что крупный политический деятель — это не один человек, а коллектив, сплоченный общими целями и убеждениями. Наша команда потеряла своего капитана, и теперь нам нужен другой. Но ведь команда-то вся в сборе.

Кэйпек стоял на балконе. Я не заметил, когда он вернулся. Я обратился к нему:

— Вы тоже так считаете?

— Да.

— Вы обязаны согласиться, — настаивал Родж.

— Я бы не стал утверждать это столь категорично, — медленно произнес Кэйпек. — Я думаю, вы сами так решите. Но я, черт возьми, не собираюсь быть вашей совестью. Я верю в свободу воли, каким бы странным ни казалось подобное утверждение в устах медика. — Он повернулся к Клифтону: — Лучше нам сейчас оставить его одного, Родж. Теперь ему все известно. Дальше будет решать он сам.

Но хотя они и вышли, один я не остался — появился Дэк. К моему облегчению, он не стал называть меня «шеф».

— Привет, Дэк!

— Привет. — Он немного помолчал, глядя на звезды. Затем повернулся ко мне: — Старина, мы с вами через многое прошли на пару. Теперь я знаю, что вы собой представляете, и всегда с радостью помогу вам при помощи оружия, денег или кулаков, даже не спрашивая, зачем вам понадобилась моя помощь. Если вы решили уйти, я не скажу ни слова и ничего плохого о вас не подумаю. Вы сделали все, что было в ваших силах.

— Спасибо, Дэк.

— Еще одно слово, и я исчезаю. Вы должны понять только одно: если вы уйдете, значит, тот мерзавец, который ввел ему эту дрянь, победил. Победил, несмотря ни на что!

Он вышел.

Меня раздирали самые противоречивые чувства. Это нечестно! Я имею полное право жить своей собственной жизнью. Я находился в расцве-

те сил, мне еще только предстояли величайши•
профессиональные триумфы. Нельзя же было
ожидать от меня, что я добровольно соглашус•
заживо похоронить себя, возможно на годы, ис•
полняя роль другого человека. За это время пуб•
лика меня забудет, а продюсеры и агенты попро•
сту спишут. Скорее всего, все будут уверены, чт•
я давно мертв.

Это было нечестно. Это уж слишком!

В конце концов я немного успокоился и н•
некоторое время перестал думать обо всем этом•
В небе все так же висела огромная и прекрасная•
Земля, как всегда неизменная и величественная•
Нашел я и Марс, и Юпитер, и Венеру. Ганиме•
да, конечно, видно не было, как и одинокой зем•
ной колонии на далеком Плутоне.

Бонфорт называл их мирами надежды.

Но он был мертв. Его больше не было.

И все же с моей помощью его можно было•
воскресить.

Способен ли я на такое? Смогу ли я стать та•
ким же, как он? Чего бы хотел от меня он сам•
если бы был жив? Что бы он делал, окажись н•
моем месте? Не раз во время предвыборной кам•
пании я задавал себе этот вопрос: а что бы сде•
лал на моем месте Бонфорт?

Почувствовав движение позади себя, я обер•
нулся и увидел Пенни. Я посмотрел на нее и сказал•

— Это они послали вас ко мне? Наверное•
они решили, что вы сможете уговорить меня.

— Нет.

Больше она ничего не сказала. Кажется, он•
и не ждала от меня ответа. Друг на друга мы•
не смотрели. Молчание затягивалось. Наконе•
я произнес:

— Пенни, а если я попробую, вы поможете мне?

Она порывисто обернулась:

— Да, конечно же, шеф! Я с радостью буду помогать вам!

— Ну что ж, тогда я попытаюсь, — неуклюже сказал я.

Все это я написал двадцать пять лет тому назад, чтобы немного привести в порядок свои расстроенные чувства. Я честно пытался говорить только правду и ни в коем случае не преувеличивать своей роли в вышеописанных событиях, так как эти записи предназначались лишь для меня самого, да еще для моего врача, доктора Кэйпека. Конечно, странно сейчас, через четверть века, перечитывать эти глуповатые и немного напыщенные строки, написанные совсем еще молодым человеком. Теперь я уже с трудом осознаю, что когда-то в самом деле был им. Моя жена, Пенелопа, утверждает, что помнит его даже лучше, чем я, и что никого, кроме него, она никогда не любила. Так что время меняет нас.

Я обнаружил, что «помню» ранний период жизни Бонфорта лучше, чем свою подлинную жизнь Лоуренса Смита, или, как этот тип любил величать себя, Великого Лоренцо Смайта. Не сводит ли это меня с ума? Не подталкивает ли к шизофрении? Даже если и так, то это необходимая для меня толика безумия, ибо, для того чтобы дать возможность жить Бонфорту, нужно полностью подавить личность актера.

Безумен я или нет, я точно знаю, что когда-то он существовал и что я был им. Как актер он так и не добился успеха — мне даже кажется, что иногда он был самым настоящим безумцем. Его печальный финал вполне отвечал его характеру: у меня до сих пор хранится пожелтевшая вырезка из газеты, в которой говорится, что его нашли мертвым в номере одного из отелей в Джерси-Сити. Причина смерти — чрезмерная доза снотворного, возможно принятая им сознательно в результате утраты последних надежд, так как его агент заявил, что несчастный не имел никаких предложений на протяжении нескольких месяцев. Лично я считаю, что им не следовало писать, будто он остался без работы; не говоря о том, что это было самой настоящей клеветой, это было еще и бессовестно как-то... Дата заметки доказывает, что ни в Новой Батавии, ни где-либо еще, кроме Земли, он во время избирательной кампании ..15 года быть не мог.

Наверное, мне лучше сжечь ее.

Хотя сейчас в живых уже не осталось почти никого из тех, кто знал правду: только Дэк и Пенелопа, да еще люди, которые убили плоть Бонфорта.

С тех пор я три раза становился Верховным Министром, и нынешний срок, скорее всего, последний для меня. Первый раз меня свалили после того, как мы все-таки протащили внеземлян — венерианцев, марсиан и обитателей Внешнего Юпитера — в Великую Ассамблею. Внеземляне входят в нее до сих пор, а я вновь был избран. Люди не могут переварить сразу много реформ, время от времени им нужен отдых. Но реформы-то остаются! Люди не любят новшеств, не любят никаких изменений, да и ксенофобия имеет очень глубокие корни. Но мы изменимся к лучшему, иначе и быть не может — если мы хотим выйти к звездам.

Снова и снова я спрашивал себя: как бы поступил на моем месте Бонфорт? Я не убежден, что мои ответы всегда были правильными (хотя и уверен, что я — самый крупный в Системе специалист по Бонфорту). Но, исполняя его роль, я всегда старался ей соответствовать. Давным-давно кто-то — кажется, Вольтер — сказал: «Если бы Сатана когда-нибудь занял место Бога, он наверняка счел бы необходимыми и атрибуты божественности».

Я никогда не испытывал сожалений по поводу утраченной профессии. В определенном смысле я и не оставлял ее, Виллем был прав. Я постарался, как мне кажется, создать идеальное произведение искусства. Может быть, это мне и не совсем удалось. Но мой отец, я уверен, признал бы это хорошим представлением.

Нет, я ни о чем не жалею, хотя прежде и был счастливее — по крайней мере, спал крепче. Но есть великое счастье в том, чтобы посвятить свою жизнь на благо восьми миллиардов людей.

Может быть, их жизни и не имеют космического значения, но у них есть чувства. Они способны страдать.

СОДЕРЖАНИЕ

Литературно-художественное издание

Роберт Хайнлайн

ДВОЙНАЯ ЗВЕЗДА

Ответственный редактор *В.И. Мельник*

Художественный редактор *И.А. Озеров*

Технический редактор *Н.В. Травкина*

Ответственный корректор *В.А. Андриянова*

Изд. лиц. ЛР № 065372 от 22.08.97 г.
Подписано к печати с готовых диапозитивов 23.01.2002
Формат 76x90 ^{1}/$_{32}$. Бумага офсетная. Гарнитура «Петербург»
Печать офсетная. Усл. печ. л. 9,45. Уч.-изд. л. 9,24
Тираж 7 000 экз. Заказ № 415

ЗАО «Издательство «Центрполиграф»
111024, Москва, 1-я ул. Энтузиастов, 15
E-MAIL: CNPOL@DOL.RU

Отпечатано с готовых диапозитивов
во ФГУП ИПК «Ульяновский Дом печати»
432980, г. Ульяновск, ул. Гончарова, 14

1,10

12